MARIA JOSÉ SILVEIRA

a trágica escolha de Lupicínio João

ilustrações
Kako

DIÁLOGO

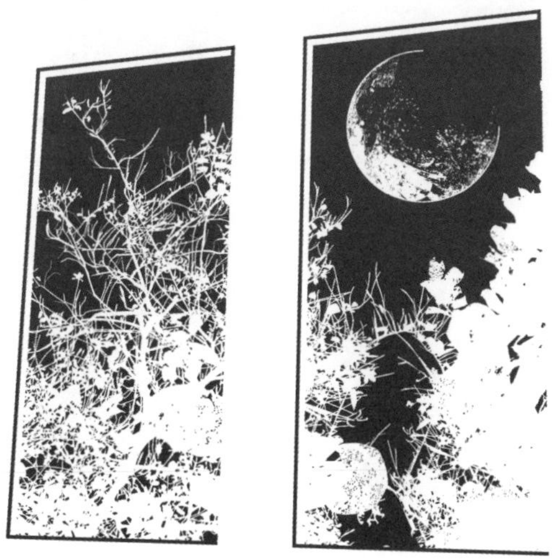

editora scipione

Coordenação editorial
Adilson Miguel
Editoras assistentes
Fabiana Mioto
Gislene de Oliveira
Preparação
Ciça Caropreso
Revisão
João Carlos Ribeiro Jr.
Lilian Ribeiro de Oliveira
Edição de arte
Marisa Iniesta Martin
Diagramação
Fábio Cavalcante
Programação visual de capa e miolo
Rex Design

editora scipione

Av. Otaviano Alves de Lima, 4400
6.º andar e andar intermediário Ala B
Freguesia do Ó
CEP 02909-900 – São Paulo – SP

Caixa postal 007

ATENDIMENTO AO CLIENTE
Tel.: 4003-3061

www.scipione.com.br
e-mail: scipione@scipione.com.br

2012

ISBN 978-85-262-8712-9 – AL

ISBN 978-85-262-8713-6 – PR

Cód. do livro: CL: 737921

1.ª EDIÇÃO
1.ª impressão

Impressão e acabamento
Cromosete

Dados Internacionais de Catalogação na Publicação (CIP)
(Câmara Brasileira do Livro, SP, Brasil)

Silveira, Maria José

A trágica escolha de Lupicínio João / Maria José Silveira; ilustrações de Kako. – São Paulo: Scipione, 2012. (Série Diálogo)

1. Ficção – Literatura juvenil I. Título. II. Série.

11-11548 CDD-028.5

Índice para catálogo sistemático:
1. Ficção: Literatura juvenil 028.5

MISTO
Papel produzido a partir de fontes responsáveis
FSC® C102676
FSC www.fsc.org

Para Laura, como sempre.

SUMÁRIO

Nascimento 8
Véspera dos treze 10
Primeira lua cheia 15
Descobertas 17
Vidinha de rapaz 35
Nem tudo é fácil 59
Crises 72
Tempo de tentações 88
Véspera dos dezoito 125
A sorte está lançada 127

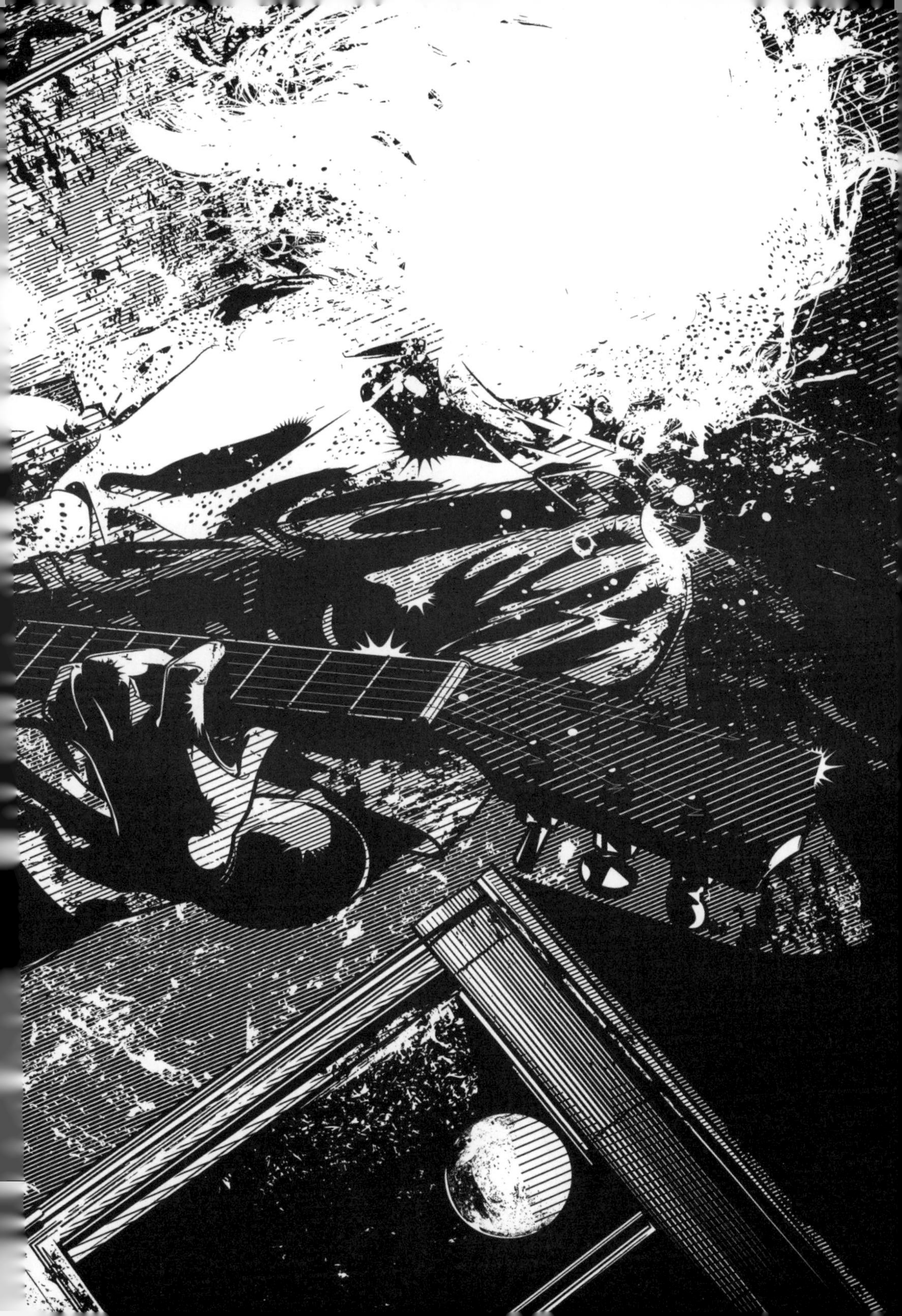

Nascimento

A MÃE

Quando ele nasceu, a primeira coisa que fiz não foi procurar a marca. Fiquei um bom tempo olhando seu rosto, contando os dedos das mãozinhas rechonchudas e dos pés. Acariciei os cabelos espetados, negros-negros, as sobrancelhas bem formadas, o nariz harmonioso, os lábios cheios roxos-rosados. A cor dos olhos eu sabia que poderia mudar em poucos dias, mas o clarão verde estava lá, a luz. Achei-o lindo, perfeito, meu.

Meu e do meu amor, Conrado.

Desejei parar o tempo ali. Temi o que poderia vir com ele.

Só bem depois, portanto, quando Conrado saiu para tratar de outras coisas, foi que tomei coragem. Ajeitei aquele corpinho recém-nascido no colo, subi o camisolão que a enfermeira tinha colocado nele e, com o coração parando, levantei o bracinho rosado.

A marca estava lá. Debaixo da pequena axila, a risca vermelho-rubi.

O PAI

A fatalidade na vida humana é assombrosa. O modo como as coisas se repetem, como se fizessem parte de uma única corrente, inflexível e cruel. Os erros que se repetem, um atrás do outro, de geração em geração.

Eu sabia dos podres da família de Milva. Sabia quem tinha sido seu pai. Sabia perfeitamente. Mas o amor, ah!, o amor. O amor transforma tudo o mais em *desimportâncias* que não o atingem. Aos apaixonados, nada ameaça. A eles só importa o amoroso aqui, o deleitável agora e o perfeito futuro que serão capazes de criar para si mesmos. São invencíveis em sua cegueira. Se o pai dela era um ser abominável, pobre dele, azar o dele. Não foi com o pai que me casei, mas com Milva, minha amada Milva.

Ela me contou tudo quando a conheci, não me escondeu nada, seus olhos reluzindo joias líquidas. Falou da herança genética da família, dos riscos, do que poderia acontecer se o imponderável acaso nos escolhesse.

“Meu amor”, eu lhe disse, “se algo acontecer, estaremos juntos. A genética, o acaso, qualquer coisa, nada disso importa se estivermos juntos. Vem.”

Foi o que eu lhe disse. “Vem.”

Quer dizer: eu sabia dos riscos.

Não posso culpar ninguém a não ser a mim mesmo.

Véspera dos treze

ELE

Primeiro foi um tipo de fogo dentro de mim. Fogo cujas chamas eu sabia que não poderia apagar. Chamas que haviam se apossado do meu corpo.

Meu corpo era do fogo. Foi isso que senti primeiro.

Depois de algum tempo, eu já percebia meu corpo mudando. Muitas dessas mudanças eu sabia que iriam acontecer na chamada puberdade, essa fase de nome extravagante. Aquelas aulas embaraçosas sobre o assunto deveriam valer para alguma coisa.

Eu era um púbere. Estava deixando de ser menino.

Vi meus pelos engrossando e escurecendo nos braços, pernas, sovaco e depois lá embaixo, no reino do chamado pênis, do chamado escroto e dos chamados testículos. Além do pelo crespo, as coisas por lá começaram a pesar mais, a crescer e... bom, não importa. Importa é que aceitei tudo isso muito bem. Meus ombros tornaram-se mais largos, meu corpo mais cheio. Meu tom de voz continua com seu vaivém constrangedor, mas sei que logo vai se estabilizar. Sei também que minha chamada laringe aumentou e que minhas chamadas cordas vocais ficaram mais grossas e compridas. Nenhum problema com isso. Meu queixo deu uma esticada, minha testa como que cresceu e meus pés de repente parecem maiores do que eu, e meu chamado chulé, como minha admirável irmã nunca deixa de comentar, ficou mais insuportável do que já era. Dei-lhe uma aula sobre chulés e sobre o meio litro de transpiração que os pés dela e os meus produzem por semana. O culpado não sou eu, maninha, e sim essa invenção humana chamada sapato, que retém o meu divino suor em seu ambiente fechado e aquecido, provocando o crescimento das minhas estupendas bactérias, que acabam exalando esse meu cheiro luxuriante! E ergui os pés na cara dela. "Nojento!", ela gritou, perturbando meus sublimes tímpanos. "O problema é que há dias você não toma banho, pensa que eu não sei?", e se afastou de mim o mais que pôde.

Não vou tirar a razão dela: atualmente tomar banho deixou de ser uma prioridade para mim. Tenho milhares de outras.

Portanto, todos esses feitos da testosterona em meu corpo, eu estava aceitando até que muito bem, acho. Principalmente a principal: a chamada ereção, essa coisa que não dou conta de controlar muito bem, mas que não é ruim. Não é nada ruim mesmo. Nada, nadinha ruim. E a chamada ejaculação, que é o máximo!

Assim, quando comecei a sentir as outras coisas, pensei que fossem normais. Nunca havia escutado ninguém falar delas, muito menos os professores, mas não tinha por que achar que não fossem naturais. Não falei delas para ninguém. Não dei importância. Minha cabeça estava cheia de outras coisas. Quer dizer, de uma única coisa: meninas. O dia inteiro, meninas. Meninas, meninas.

Até que a risca rubi que tenho nas axilas começou a doer como se queimasse.

Minha mãe adivinhou. Na verdade, ela já esperava.

Seu modo de me olhar também mudou. Toda vez que se aproximava de mim, seus olhos tentavam me penetrar, como se estivessem me investigando. Não que antes ela não me olhasse com um jeito de quem queria atravessar minha pele. Ela sempre me olhou assim. Olhar de mãe, eu achava que era. Só que agora seus olhos de mãe estavam ainda mais inquisitivos, mais perscrutadores, mais empenhados em *realmente* ver sob minha pele.

Quase insuportáveis. Inconvenientes.

Passei a evitar minha mãe. A me trancar no quarto quando ficava em casa. A inventar que estava estudando quando ela me chamava para sair ou para fazermos alguma coisa juntos.

Até o dia em que essa inconveniência chegou ao auge e ela entrou no meu quarto, sentou na minha cama e falou:

– Senta aqui do meu lado, João, preciso falar com você.

Conversa de mãe a essa altura da minha vida era do que eu menos precisava. Mas eu sentei. Alguma coisa na voz dela, no jeito, naquela maneira quase ardida com que me olhava e me fazia encolher por dentro, me fez entender que eu não deveria discutir e, sim, me sentar lá, bonzinho.

O que minha mãe me contou confesso que foi uma surpresa, mas não tanto quanto na verdade poderia ser.

Eu já sabia que o meu avô, o pai dela, tinha sido um lobisomem. Eu já havia sido informado disso em uma reunião muito séria de família, nós quatro juntos, sentados nos dois sofás da sala – minha mãe, meu pai, Daphne e eu –, quando minha irmã e eu ficamos sabendo do que havia no passado da família da minha mãe.

Na época, jamais pensei que eu tivesse algo a ver com aquilo.

Nunca tive muito contato com esse avô. Meu pai não falava com ele e só foi ao enterro do sogro porque não quis deixar mamãe ir sozinha conosco. Ela iria de qualquer maneira, e ele achou melhor acompanhá-la. Pelo que me lembro, ir a esse enterro foi uma das coisas mais aborrecidas que já fiz na vida.

Cheguei perto do caixão e olhei. Nunca tinha visto uma pessoa morta. Achei sem graça meu avô como que feito de cera amarelada, tão sem se mexer que parecia um morto – o que, aliás, bem, ele era. Um mosquito esvoaçou em cima do nariz dele até pousar na ponta. Só então me dei conta de que ele estava maquiado. Achei bem cretino isso, quase vergonhoso. Saí de perto.

O que mais me lembro dele? Pouca coisa.

A quantidade espantosa de cabelo e pelos nos braços e nas mãos, e as sobrancelhas como duas taturanas gordas e emendadas mexendo e se remexendo no rosto branco e de muita barba, a pele descoberta salpicada de manchas marrons, e velho. Voz cavernosa e mandona. Unhas enormes nas mãos.

Foi o primeiro velho que eu vi e o primeiro morto.

Meu avô dava medo.

Quando morreu, a única coisa que me passou pela cabeça foi que eu não teria mais a obrigação de ir visitá-lo no final de ano com a minha mãe, escondido do meu pai. Sempre achei que não deveria ser obrigado a mentir para o meu pai, mas se eu não mentisse, era certa uma briga entre os dois e dias sem se falarem. Meu avô foi um eterno motivo de briga deles. Dos males, então, o menor. Acabei ficando craque nisso: escolher entre dois males.

Então, quando minha mãe me contou que o que eu estava sentindo era a herança genética do velho, eu meio que pirei. Senti uma quentura subindo dentro de mim e fiquei possesso.

– NÃO! – gritei. – NÃÃÃÃÃÃO! NÃO E NÃO!

Gritei, gritei e gritei, me levantando e querendo estraçalhar alguma coisa.

Minha mãe conseguiu me agarrar, me abraçar firme e me fazer sentar de novo.

– Calma, filho. Calma – ela dizia. – Calma – e foi falando outras coisas até que aos poucos conseguiu me sossegar.

O que ela me disse naquele dia foi que a minha transformação não era irreversível. Que podia não ser para sempre.

Que eu tinha nascido com aquela tendência, mas também com a possibilidade da escolha; como acontece com todos os lobisomens, aos dezoito anos eu ia poder escolher não ser mais lobisomem.

Que até agora eu tinha sido um menino perfeitamente normal e que mais tarde poderia voltar a ser perfeitamente normal. Só que antes eu seria mesmo obrigado a passar por aquilo. Dos treze anos – minha idade então – até os dezoito, eu não ia ter saída nem escapatória. Ia me transformar em lobisomem toda primeira noite de lua cheia de cada mês.

– Aos dezoito anos, nunca se esqueça, filho – ela repetiu várias vezes –, você vai poder escolher voltar a ser quem você é de fato. Basta você não se expor à luz da primeira lua cheia dos seus dezoito anos.

Ela disse também que virar lobisomem não seria tão ruim assim se eu soubesse manter a coisa sob controle, e ela tinha certeza de que eu iria conseguir. Antes eu teria que vencer um monte de tentações, porque, na verdade, por mais incrível que pudesse me parecer naquele momento, eu ia acabar gostando de várias características dos lobisomens, ela disse, e o verdadeiro desafio que eu teria de enfrentar era não me deixar empolgar por elas.

Nada disso pareceu animador, mas saber que pelo menos era só uma fase me aliviou um pouco.

– E o meu pai, o que ele acha disso? – perguntei.

– Seu pai não quer nem ouvir falar no assunto. Cansei de explicar a ele que é uma fase, que daqui a cinco anos você vai sair dessa, mas ele está desarvorado. Não entende e não quer conversar a respeito. É como se ele pensasse que vai conseguir afastar a realidade se conseguir rejeitá-la bastante. Mas não se preocupe: ele vai acabar entendendo que é preciso aceitar essa fase, não tem outro jeito. E não tem mesmo.

– E a Daphne? Também é?

– Não. Sua irmã não é. Ela nasceu sem a marca. Por isso nós achamos, seu pai e eu, que poderíamos ter outro filho.

Ela ficou em silêncio por um momento. Depois disse, com a voz desolada:

– Perdão, filho.

Ela me abraçou bem forte e eu senti alguma coisa estranha e muito triste na pele do meu rosto: a umidade salgada das lágrimas da minha mãe.

Primeira lua cheia

ELE

Entrei no meu quarto, fechei a porta e abri a janela. Um janelão de madeira que dá para o quintal.

Durante todo o dia, o calendário da cozinha pareceu latejar. Eu tinha a sensação de que, se eu focasse bem, a marca daquele dia pularia do calendário e se colaria em mim.

Minha primeira noite de lua cheia.

Minha mãe implorou para que eu a deixasse ficar comigo na hora da transformação. Mas eu queria privacidade, lhe disse. "O problema é comigo, mãe, com o meu corpo. Quero enfrentar essa maldição sozinho. Tenho esse direito. Não quero que ninguém me veja transformado."

Ninguém.

O que se passava pela minha cabeça é fácil entender. Revolta e vergonha e revolta. Vergonha e revolta e vergonha. Não sei qual era a maior. Os dois sentimentos misturados, formando uma coisa pesada, asfixiante, de um insuportável constrangimento.

Medo, não. Nada de medo. Jamais medo. Só vergonha e revolta. Revolta e vergonha. Constrangimento.

Sentei na cama. E ela, a lua, botou seu clarão no meu rosto. Num instante, aquele mesmo fogo que senti na véspera dos meus treze anos explodiu em mim. Meus pelos ganharam vida própria e cresceram pelo corpo inteiro, e um turbilhão rodopiou dentro de mim como se todos os meus órgãos estivessem girando juntos.

Nada disso me assustou.

Por mais que não pareça, era como se de repente tudo isso fosse natural. Tremendamente diferente, energético, mas natural. Como algum tipo de droga, talvez, eu não sabia, nunca havia experimentado nada, mas achei que poderia ser parecido. Senti uma energia e uma força tão avassaladoras que saltei para o peitoril da janela do meu quarto e pulei para baixo.

Pulei do segundo andar como se eu fosse um artista de circo. Aterrissei no chão com toda a leveza. E disparei a correr a uma velocidade maior que a de uma moto das mais potentes.

Não pensei. Esqueci a revolta e a vergonha. A mente limpa de todo sentimento e de qualquer ideia. A pura sensação da velocidade da corrida. Corri e corri. Passei a noite correndo e vendo o mundo de um jeito que eu nunca tinha visto.

Quando a lua foi perdendo a força, algum tipo de instinto me conduziu de novo para casa.

Deitei na minha cama. A mente vazia, oca, como se não existisse. Enquanto a energia do meu corpo se esvaziava como o ar escapando de um balão.

Adormeci.

Descobertas

A MÃE

O modo como João me olha esses dias...

O mesmo olhar de quando ele tinha pouco mais de um ano e fomos à pracinha em frente à casa onde morávamos na época. Era uma cidade pequena do interior, perto do canteiro de obras em que Conrado estava trabalhando. Não tínhamos televisão em casa e os vizinhos eram poucos. Até então, João jamais tinha visto uma cena de violência, por menor que fosse. Nem mesmo um xingamento, uma agressão verbal. Nem mesmo uma briga infantil com a irmã ele havia tido. Daphne, também ainda pequena, era só beijos e abraços com o irmão.

Naquele dia, um menino um pouco mais velho que havia se mudado para a casa vizinha à nossa também estava no parque.

João foi, alegre, ao encontro do novo amiguinho, balde de areia na mão. E teve uma recepção feroz – tapa, empurrão e... adeus, balde!

Voltou para mim sem conseguir chorar, mas com esse mesmo olhar de pura incompreensão e desamparo que vejo em seus olhos hoje.

O que era aquilo que acabara de acontecer com ele?

E agora, que maldição é esta que acabou de desabar sobre seu destino?

O PAI

É visível a mudança em meu filho, e a revolta. Talvez até maior do que a minha. Mas ainda não consigo encará-lo, não posso. Olhar nos seus olhos esverdeados... olhos que eu fitava com tanto amor e esperança e que me falavam de um futuro repleto de significados, e que agora não ouso olhar.

Eu o escuto pela casa pisando forte, batendo portas, como se não conseguisse conter o que lhe acontece por dentro, e sinto que tudo isso é sua forma de me acusar, é sua forma de dizer: "Vocês são os culpados, não eu. Foram vocês que se arriscaram ao ter filhos, e agora sou eu – eu, que não pedi para nascer – que vou pagar? É justo isso? O filho pagar pelos erros dos pais?".

A IRMÃ

Algo está muito diferente aqui em casa e parece que só eu não sei o que é.

João anda com aquela cara de que é melhor nem chegar perto, meu pai não fala com ele e vi minha mãe chorando na sala.

– Mãezinha, o que foi? – perguntei. – O que está acontecendo?

– Nada, filha. Briga besta com seu pai.

– Não está parecendo uma briga besta, mã. Vocês dois nunca ficaram assim.

Com um gesto apressado, minha mãe limpou os olhos com as mãos, se levantou e disse:

– Não é nada, filha. Bobagem de mãe. Vou para o quarto descansar um pouco.

Só me restou ir falar com o João.

– Ei, troglodita! Que briga é essa entre a mamãe e o papai?

– Sei lá.

– Tô achando que é por sua causa. O que você fez?

– Nada.

– Vai, me conta. Não vá me dizer que é coisa séria. Não vá me dizer que é droga.

– Que droga, Dá! Tá delirando?

– Já te avisei muito bem avisado, hein? Não vá entrar nessa.

– Sei mais disso do que você, sua tonta!

– Então o que é?

– Sei lá, como eu vou saber? Alguma coisa lá deles.

– A mãe estava chorando na sala.

João, então, socou com força o travesseiro. Uma grande raiva pareceu surgir nele de repente. Virou para mim outra vez:

– Você perguntou pra ela o que era?

– Perguntei.

– E o que ela disse?

– Que era uma briga besta com o pai.

– E por que você não acreditou?

– Porque eu sei que não é.

– Então volta lá, pergunta pra ela de novo, e não me enche o saco. Tenho um monte de coisas pra fazer, se manda. Vou fechar a maldita porta deste quarto à chave.

– Então, fecha, seu estúpido!

Saí de lá achando a reação dele muito esquisita. Aquela raiva nos olhos do João, eu nunca tinha visto. Senti até um calafrio.

Mas, se é assim, então, tudo bem, se ninguém quer falar comigo, problema deles. Vou esquecer esse assunto. Até porque as brigas dos meus pais nunca duram muito mesmo.

O PAI

– Milva, você não vai contar para a Daphne?

– Por enquanto não, Conrado. Mais tarde. Ela não precisa saber agora. Pode passar mais uns anos sem esse sofrimento.

– E para ele, você já contou tudo? Já explicou todos os perigos que ele corre?

– Ainda não, Conrado. Tudo tem sua hora. Por enquanto ele não precisa saber do que só vai acontecer mais tarde. Deixa o menino continuar sua vida o mais normal que puder.

– Você e a sua mania de protegê-lo, Milva.

– E você e essa sua raiva contra todo mundo.

– A raiva é contra mim mesmo, você não entende? Contra mim e a minha irresponsabilidade, a minha burrice. Nem com você posso repartir essa culpa. Você me alertou claramente, e suas palavras agora me voltam a toda hora como uma tortura contínua: "Ter uma primeira filha normal não é garantia de nada, Conrado", você me disse mil vezes. Mas eu teimei, confiante demais em mim, arrogante e tolo, achando que tínhamos vencido a maldição da sua família. A responsabilidade é só minha, eu sei disso. Não me esqueci do quanto tive que me esforçar para te convencer. A raiva é só contra mim, Milva. Só contra mim.

– Não pense assim, Conrado. A decisão também foi minha, e não há como voltar atrás. O que precisamos pensar agora é que é só uma fase. Ele vai conseguir sair dela.

– Você acredita mesmo nisso?

– Com nossa ajuda, sim. Ele vai conseguir.

– Ah, Milva... Se eu pudesse ter essa certeza!

– Tenha, Conrado. É nossa única esperança.

– O pior é que eu não consigo olhar para ele, Milva! É como se eu não visse mais o nosso menino, mas só o monstro que está dentro dele.

– Shhh! Conrado, não fale assim. Ele é nosso filho, jamais se esqueça disso. Lupicínio João não é um monstro. É mais como um doente. Que vai se curar.

– Ah, se eu pudesse acreditar nisso!

Enfiei o rosto nas mãos e não consegui ir muito além dos suspiros, esmagado pelo peso da culpa.

– Dê um tempo a você mesmo, querido. Esqueça o que passou. Eu concordei com você, e também achei que poderíamos escapar da maldição. Ela nos venceu neste momento, mas ainda há uma saída. Temos que nos concentrar nisso e apoiá-lo. Porque ele vai precisar de toda a nossa ajuda. Apenas isso importa agora.

A MÃE

Tenho conversado muito com o João.

Meu filho está bastante confuso, e não é para menos. Veio me dizer que não sabia o que pensar de tudo que tinha visto a respeito de lobisomens na internet.

Eu estava esperando isso. Sabia que ia acontecer, são tantas as bobagens que as pessoas espalham por aí.

– Não acredite em tudo que ouvir dizer, filho – eu falei. – O mundo dos lobisomens é um segredo para quem é de fora. Quem escreve sobre eles, em livros, internet, seja o que for, escreve de ouvir falar, e na maioria das vezes o que ouviu foram rumores, invenções de quem não tem ideia do que está falando. Versões de quem está de fora e não entende nada do que realmente se passa. Como qualquer outro grupo perseguido, os lobisomens precisam do segredo. Foi por manterem segredo que sobreviveram até hoje. Eles jamais dão entrevistas, jamais escrevem livros, jamais falam do assunto com ninguém. O segredo é o grande aliado deles. Mesmo pessoas como eu, que sou da linhagem mas não herdei o destino, não sabem tudo, e o que sabemos não podemos jamais expor. É um compromisso que todos da família são obrigados a assumir, ainda que não queiram.

– Mas os que deixam de ser lobisomens também não dizem nada? – ele perguntou.

– Não... – respondi, tentando parecer calma e convincente. – Eles também respeitam o pacto.

– De qualquer maneira, me conta o que você sabe, mãe.

E eu contei, não tudo, mas o que eu achava que podia contar naquele momento.

Contei que nossa linhagem vinha da Grécia Antiga, do rei Licaão, daí porque os lobisomens são também conhecidos como licantropos.

– Você já estudou um pouco sobre a Grécia, João – eu disse –, então sabe que Zeus era o deus maior do Olimpo, o céu grego. Não sabemos se o rei Licaão teve razão em querer disputar o poder com ele, mas o fato é que o convidou para um banquete onde pretendia capturá-lo. Zeus, porém, era mais poderoso e o derrotou, transformando-o em lobo como castigo. Você deve ter visto essa parte na internet – continuei –, e pelo que sei dessa história tão antiga ela é verdadeira no sentido mítico. Quer dizer, é a explicação que os homens da época deram para a luta pelo poder que viam acontecer na sociedade em que viviam. A luta pelo poder é tão antiga, filho, quanto a primeira diferenciação entre os homens, quando alguém disse "Isso é meu" e começou a juntar e a proteger o que possuía. Mas Licaão também era poderoso e soube transformar a maldição de Zeus em um novo poder. Conseguiu voltar a ser homem, trazendo consigo os atributos desse lobo mitológico. O esforço que precisou fazer, no entanto, foi demasiado para sua idade, e Licaão nunca voltou a enfrentar, ele mesmo, o poder de Zeus. Talvez justamente por isso, por não ter conseguido realizar o que tanto queria, junto com os atributos de lobo que passou a fazer parte da herança genética que deixou, Licaão transmitiu também a seus herdeiros sua sede de controle e mando.

João não conseguia ficar parado. Levantava-se, dava alguns passos pelo quarto, voltava a se sentar a meu lado. Queria saber, e ao mesmo tempo não queria. Eu entendia perfeitamente sua aflição, seu medo. Pobre do meu filho!

Continuei:

– A verdadeira maldição dos lobisomens é esta, filho: a vontade do poder. A forma de lobo que eles assumem, como você já viu na sua primeira noite de lua cheia, não é tão literal quanto dizem por aí; a não ser pela quantidade de pelos que crescem e pelas unhas, não ocorre uma grande mudança. Você não vira um lobo, mas continua o que de fato é, um homem. O que acontece nesses momentos é que você ganha novos atributos. A lenda de que os lobisomens assumem a forma de um lobo – e daí o nome que lhes deram – é de certo modo parte dessa mesma disputa milenar. Muitas vezes estigmatizar é um jeito de controlar as coisas. Dizer que a pessoa se transforma em animal é uma maneira de tirar sua força.

Então, eu parei. Era só o que pretendia lhe contar naquele momento.

– Mas e o meu avô? – João quis saber. – Como ele era?

– Outro dia, filho. Outro dia conversamos sobre o seu avô. Temos muito tempo.

Dei-lhe um beijo e saí do quarto dele.

Na verdade não sei se estou agindo da maneira mais correta. Não sei se minha tática de contar aos poucos o que ele irá enfrentar é mesmo a melhor. Não tenho em que me apoiar, é tudo intuição. E não adianta tentar conversar com o Conrado, porque, além de saber muito menos do que eu sobre o assunto, ele está apavorado, incapaz de raciocinar e me ajudar.

Conrado sabe muito pouco sobre a maldição da minha família. Não conhece os detalhes, não sabe o que esperar.

Quando João nasceu e vi Conrado tão feliz e encantado com o filho, não tive coragem de lhe contar toda a verdade de uma vez.

Quando ergui o bracinho gorducho do nosso filho e lhe mostrei a risca vermelha, Conrado ficou como que sem sangue e sem ar. Naquele momento percebi que ele não ia aguentar, que rejeitaria o filho se soubesse. Quis dar ao João a chance de não ser rejeitado de imediato pelo pai, quis que ele tivesse tempo de fazer o pai amá-lo verdadeiramente. Amar a ele, o filho real, e não apenas à ideia de um bebê que chega ao mundo. Todo filho merece a chance de conquistar os pais. Então eu disse a Conrado que a risca vermelha era a marca da infância, sim, mas que ela significava apenas uma possibilidade, e não o que ele necessariamente seria. Só teríamos certeza do destino do nosso filho quando chegasse a hora, na primeira lua cheia dos treze anos.

Eu sabia que meu marido se agarraria a isso como uma tábua de salvação e com ela seria capaz de atravessar os anos até lá, quando então, já amando Lupicínio João, ele não o abandonaria. E continuo com essa certeza. Conrado ama o filho e não vai abandoná-lo. Vai saber enfrentar o sofrimento de agora e agir com frieza e inteligência quando João realmente precisar dele.

ELE

Mais de um mês já se passou e o clima aqui em casa continua o mesmo, horrível.

Meu pai não fala comigo. Passa de cara fechada, evita me olhar, como se fosse eu o culpado. Ou tivesse uma doença contagiosa. Ou como se ele tivesse uma enorme vergonha de mim. Ou pena, ou que coisa for. Vergonha – é o mais provável. Como eu. Vergonha e raiva.

Minha mãe, ao contrário, não para de me olhar, e daquele jeito que eu não suporto. Querendo me ver por dentro. Também não suporto a tensão em seu rosto. Ela não gostou quando lhe contei que a minha noite de lobisomem não tinha sido tão horrível como eu pensara e como ela me dissera que seria. Tinha havido só força, velocidade e um jeito meio inesperado de ver o mundo. E que se fosse só isso, então estava tudo bem.

– Que outro jeito de ver o mundo, João? Seu mundo é como você o vê agora.

– Mas é que tudo fica diferente, mãe. As cores. Elas não são como nós as vemos. É como se estivessem cobertas por um véu imenso de uma cor só, que nunca vi antes. Não é que seja mais bonito. Não. Com certeza não é mais bonito, mas é estranho, mais denso, mais... concreto, primitivo... alguma coisa assim.

Minha mãe ficou quieta. Depois disse toda séria, como ela fica quando falamos dessas coisas:

– Nunca se esqueça, João, de que esse é o verdadeiro perigo. Você achar que está tudo bem. Desde a primeira vez eu lhe disse que nem tudo seria ruim. Mas não vá se confundir e se empolgar, meu filho.

E ela me fez prometer uma coisa. Que eu lhe contaria qualquer coisa de muito diferente que acontecesse. E que lhe diria imediatamente se por acaso viesse a conhecer outra pessoa como eu. Ela não sabia se havia outros lobisomens na cidade, mas achava provável que houvesse. E me disse que eu deveria evitar qualquer um que encontrasse.

– Mas não seria bom, mãe, encontrar uma pessoa como eu? Saber que não estou sozinho nisso?

– Na teoria, meu filho, até pode ser. Na prática, não. A menos que você tenha a sorte de encontrar um lobisomem tão jovem quanto você. Mas acho difícil que isso aconteça. O mais provável é que você encontre turmas de lobisomens mais velhos. Não entre em nenhuma delas, João. Em hipótese alguma. Prometa.

Prometi.

A última coisa que eu quero na vida é fazer meus pais sofrerem ainda mais. Envergonhá-los ainda mais. Prefiro morrer. Pular de um precipício.

Então, para evitar mais preocupação para ela, não quis comentar que, por enquanto, sendo bem sincero, passada um pouco a revolta dos primeiros dias (já que não posso fazer nada a respeito), e um pouco mais conformado com a minha vergonha (ninguém a não ser minha família precisa ficar sabendo disso), e fora esse clima aqui de casa, até que eu não estou achando a coisa em si tão ruim como pensei que acharia. Se for só isso, acho que vai dar para aguentar os cinco anos.

Também estou começando a entender certas coisas. A história do segredo, que minha mãe falou, é uma. Por que ninguém nunca revelou o significado da risca vermelho-rubi sob as axilas? Acho que agora eu sei por quê. Se as pessoas soubessem e começassem a procurar a marca dos lobisomens nos bebês, o que fariam com eles? Tirariam dos pais? Excluiriam da vida normal? Poriam todos numa prisão? Eliminariam?

Eliminariam os bebês com a risca, por mais rosados e rechonchudos que eles fossem?

Só de pensar nisso, sinto um calafrio.

A MÃE

Quando eu estava voltando do trabalho, passei pelo *shopping* para comprar algumas coisas que eu já deveria ter comprado.

Entrei na perfumaria e perguntei onde ficavam os desodorantes e perfumes masculinos. A vendedora me indicou as prateleiras e fiquei um bom tempo examinando todos eles. Acabei escolhendo três desodorantes e um perfume que me pareceram menos almiscarados e mais potentes. Não sei se João vai gostar de algum. Espero que sim. Ele vai ter que aprender a disfarçar melhor seu cheiro. Passei também por uma loja especializada e comprei dois desodorantes para os pés e três pares de meias especiais, com fibras que deixam o pé respirar.

Vamos ver se dá certo.

Felizmente as coisas estão voltando ao normal em casa. Conrado ainda não consegue conversar normalmente com João, mas sei que é só dar tempo ao tempo. O amor que ele tem pelo filho está vencendo o horror que sente por essa maldição.

O PAI

Lua cheia, um outro nome para tormento. Agora é assim para a nossa família.

João não deixa que a gente se aproxime dele para saber o que está acontecendo. Tranca a porta do quarto assim que a tarde se suaviza. Ao primeiro clarão de lua cheia, ouço o barulho que ele faz e pressinto o salto que vai dar da janela.

Prefiro assim, para dizer a verdade. Prefiro não deixar gravada em minha mente sua forma abominável e transitória. Seria doloroso demais. Então fico na sala esperando os sons que ele faz ao voltar, quando a primeira luz do dia se anuncia. Aguardo até escutá-lo fechar a janela e se deitar na cama.

Só então vou para o meu quarto, onde encontro Milva também acordada, com a janela também aberta, e também sem coragem de olhar. De qualquer maneira, ela não o veria. Nosso quarto fica no lado oposto ao dele.

No dia seguinte, João acorda tarde. Quando ele sai, Milva vai até seu quarto. Volta, com os lençóis e a roupa dele nos braços, a caminho da máquina de lavar, e me diz:

– Terra, lama, folhas no *jeans* e na camiseta. Parece que ele rola na terra ou na grama.

– Sangue? – pergunto, minha voz saindo com esforço pela garganta, que sinto fechada e sem ar.

– Não. Sangue, não.

Então nos olhamos sem dizer nada e voltamos a respirar tranquilos outra vez.

Agora é esperar o próximo mês.

A IRMÃ

Há meses eu não jogava tênis com o João, mas hoje jogamos no clube. Ele nunca foi páreo para mim, desajeitado como é e incapaz de ficar focado. Mas hoje ele ganhou quase todos os *sets*.

– Você andou treinando escondido, é, seu patético? – perguntei, quando nos encontramos na rede.

– Por que eu treinaria, fracota, se não preciso?

– Então o que aconteceu hoje foi um milagre?

– É que agora eu sou um LOBISOMEM – ele gritou, arreganhando os dentes de uma maneira tão absurda que minhas pernas amoleceram e por pouco não desmaiei de susto. Dei um pulo para trás e caí no chão, arrepiada, o coração saindo pela boca. Tremendo.

– Seu ridículo! – gritei, quando consegui recuperar a voz.

– NUNCA MAIS me chame para jogar com você, NUNCA MAIS, TÁ ME OUVINDO?

E o cretino gargalhava, debochando, super se divertindo com o meu susto.

– Deixe de ser histérica, maninha.

Era só o que o intratável dizia, rindo muito.

Pois agora ele que arrume outro parceiro, se quiser jogar. Comigo, *never more*. Nunca mais mesmo. Não teve graça nenhuma ele arreganhar a boca daquele jeito.

ELE

Coincidência, pensei. Estou mais inteligente. Não, não exatamente mais inteligente, não foi isso que mudou. É que agora parece que eu percebo antes o que as pessoas vão fazer. Não é adivinhar. De certa forma é como se eu soubesse para onde vai o movimento quando o movimento ainda nem começou. Como se fosse um outro tipo de visão.

Quando o professor começa a escrever no quadro, eu já sei o que ele vai escrever. No futebol, sei para que lado a bola vai.

Sou o melhor goleiro do colégio agora. O pessoal está espantado comigo. E o Abê ficou foi furioso porque virei o goleiro titular do time e ele passou para a reserva.

Coincidência ou não, estou me sentindo capaz de coisas que antes eu não fazia. Mas não falei sobre isso com minha mãe. Não sei se preciso falar. Mesmo porque são só sensações, e pode ser que não tenha nada a ver. Não acontece só com a lua cheia. É permanente.

Por exemplo: não precisava, mas, como é muito fácil, não tenho resistido à tentação de colar nas provas. Pus na cabeça que só vou tirar dez, a nota máxima. Então, quando não sei alguma resposta – o que acontece poucas vezes – é só olhar para a mão de quem sabe e ver de que jeito ela está se mexendo. Só tiro dez. Para alguma coisa essa maldita maldição tem que servir. Assim ela compensa os sofrimentos que causa a mim e a meus pais.

Outra coisa: agora eu sinto os cheiros de um jeito mil vezes mais perceptível, e imediatamente sei do que se trata. Reconheço qualquer pessoa de longe. Sei quem está na sala de aula antes de eu entrar. É como se eu visse com o nariz antes de ver com os olhos.

Parece mágica. Foi o que a Daphne me falou.

Ela anda admirada com o que chama de "minhas adivinhações". E com a minha nova força. Só que é uma jumenta, essa minha irmã. Não sei como não desconfia de nada. Outro dia fui pegar um copo d'água na cozinha e ela veio com uma daquelas nossas brincadeiras de criança, de me pegar por trás e tentar me derrubar. Antes, até que ela às vezes conseguia. Dessa vez, foi só eu pegar no braço dela e girá-lo para me soltar que ela deu um berro de estourar meus excelsos tímpanos.

– AAAAAIIIIIIIIII!!!

Minha mãe veio correndo e me olhou daquele jeito que agora é o jeito oficial dela.

– AAAAIII, meu braço! – Daph berrava. – Ele quebrou meu braço, mãe.

Não era verdade. O braço dela não estava quebrado nem nada. Mas, reconheço, foi por pouco. Até eu fiquei espantado com a minha força.

– João – minha mãe disse –, você não tem mais idade para esse tipo de brincadeira. Não vê que já está muito mais forte do que a sua irmã? Você pode acabar machucando a menina de verdade.

– Foi ela que começou, mãe.

A grotesca da Daphne continuava chorando num canto, resmungando:

– Brutamontes! Energúmeno!

– É só você não vir com gracinhas pra cima de mim – eu respondi, rindo. E aproveitando que minha mãe estava de costas, arreganhei a boca para ela do jeito que a Daphne abomina.

– Ainda por cima fica rindo de mim, seu monstro! – ela gritou.

Saí logo da cozinha antes que minha mãe visse que eu estava rindo mesmo.

A IRMÃ

Já decidi que não jogo mais nada com o João. Nem tênis nem jogo nenhum. Ele aprendeu a roubar, só pode ser. Antes não ganhava nunca, e de repente, de uns tempos pra cá, toda hora ele ganha, seja qual for o jogo! Eu, hein? Já falei para ele. Não adianta insistir. Não jogo mesmo. E, depois, ele está cada dia mais nojento.

– Mãe – eu disse –, olha o João mastigando de boca aberta! Dá até pra ver a garganta asquerosa dele.

– Você está mesmo muito sem modos à mesa, filho – disse minha mãe. – Preste atenção!

E ele ainda debochou.

– É só pra Daphne poder ver meus soberbos dentes, mãe!

– Pois não faça mais isso, João. Mesa não é lugar para brincadeira.

Mostrei a língua para ele. E então, quando minha mãe se levantou para atender o telefone, ele começou a fazer aquela careta que me deixa de estômago revirado e pernas bambas.

Saí da mesa e nem quis o sorvete de sobremesa.

ELE

Tem um cheiro que ainda não identifico bem. Um cheiro que parece subterrâneo, impregnado, como se fosse uma matriz.

Sei que vem do ser humano. E me atrai.

O PAI

Por fim, consegui. Conversei abertamente com o João, como eu fazia antes.

Milva tinha razão. Acabei entendendo que a única maneira de aliviar meu sentimento de culpa era me reaproximar do nosso filho, aceitá-lo e ajudá-lo. Aproveitei uma hora que a Daphne não estava em casa e o chamei para uma conversa no escritório.

Antes de mais nada, achei que devia lhe pedir desculpas pelos meus erros e pela minha reação até agora, e pedi.

Abri meu coração.

Com muita calma, conseguida a duras penas, expus tudo o que eu pensava. Todos os meus temores e as minhas esperanças. Ele me falou da revolta e da vergonha que sentia.

Conversamos muito e senti que nos entendíamos não só como pai e filho, mas como duas pessoas que enfrentam um grande problema. Disse-lhe que eu poderia conviver com seus maus modos, com seu cheiro, com todas as características físicas eu poderia conviver. No entanto, havia limites claros e, se ele se tornasse um homem sem caráter, um homem cujos atos envergonhassem a ele mesmo e a todos nós, isso eu não iria suportar. Os perigos e as tentações seriam inúmeros, e ele ia precisar ter uma enorme força de vontade para resistir. Milva e eu confiávamos nele. Confiávamos que ele saberia resistir.

O passado não pode ser mudado, eu disse, mas o futuro sim. O mais importante agora era ele saber que tinha nas mãos o poder de recusar aquela maldição. Que, injusto ou não, era dele a responsabilidade pelo que viria lhe acontecer.

– Pai – ele falou –, e se eu não conseguir?

Tive vontade de abraçá-lo forte nessa hora, como se meu abraço ainda pudesse protegê-lo, como havia protegido tantas vezes quando ele era apenas um menininho. Em minha mente, vi o menino magricela que ele foi pulando em meus braços dentro da piscina, e eu pegando-o em pleno salto. Com que confiança ele pulava e com que alegria eu o segurava!

– Se for preciso – eu lhe disse –, eu o protegerei com meu próprio corpo e com minha própria vida.

Vidinha de rapaz

ELE

Amanhã, quinze anos. Meus pais prometeram não dar as caras na festa que vou fazer aqui em casa. Não serei DJ o tempo todo. O pessoal vai reclamar – minha fama de DJ é uma das atrações da balada –, mas vou deixar tudo mais ou menos preparado para o Sig. Depois de mim – aliás, *beeem* depois de mim –, ele é o melhor.

Taí outra coisa que eu não sei se devo a mim mesmo ou aos meus atributos lupinos: meu ouvido. Quer dizer, sei. Essa capacidade de ouvir o mais leve som não é minha, mas gosto de pensar que é. Gosto de pensar que vou continuar ouvindo assim depois dos meus dezoito anos, porque isso é formidável. E por vários motivos, mas o principal talvez seja pela perfeição com que hoje escuto música. Daí eu ter virado o melhor DJ da escola e, dizem, da cidade. Minha fama cresce, todo dia alguém me convida para uma coisa ou outra. Se meus pais deixassem, bem que eu podia ganhar uma grana fazendo isso. Mas preciso esperar, porque ainda sou menor de idade e, mesmo que a dona Milva e o engenheiro Conrado deixassem, ninguém se arriscaria a me contratar. Por enquanto, só mesmo nas baladas dos amigos, o que já me diverte bastante.

No dia em que descobri que eu estava escutando tudo – e muito bem –, pensei que os sons que eu ouvia vinham da minha cabeça. Coisas como o passo do gato pela casa (um tap-tap levíssimo), o farfalhar das folhas nas árvores do quintal (antes eu nem me dava conta de que elas farfalhavam), a respiração da minha irmã (um barulho e tanto), a vibração das chamas no fogão a gás da cozinha, o roçar do ar nos pelos do meu braço, o chiado da água no cano do banheiro. Pus o travesseiro nos ouvidos e escutei o movimento das penas do acolchoado. Tudo que se mexe provoca sons, nem que seja só o do deslocamento do ar. Nenhum movimento é silencioso. Acostumar-me com todos esses sons, aprender a discerni-los, identificá-los, calcular sua distância, dominá-los, foi uma das aprendizagens mais difíceis e literalmente dolorosas. Os sons mais agudos de uma escala a uma certa altura são como agulhas penetrando nos meus miolos. Agora que os controlo, os sons me servem. Sei que eu poderia ser músico, mas não sei se é o que eu quero. Por enquanto, me divirto sendo o melhor DJ que o pessoal daqui conhece. Gosto disso.

E também gosto de dançar.

Dançar com a Dani, por exemplo. A Dani faz balé e quando dançamos juntos o pessoal para pra ver. Coisa de que só me dou conta quando a música acaba e nós dois olhamos em volta e vemos a pista vazia e o pessoal todo parado, olhando a gente. Enquanto estou dançando, não percebo o que acontece. Só me concentro na música, só vejo minha parceira e sinto o ritmo e as ondas do movimento passando pelo meu corpo. Dani vive dizendo que eu devia fazer algum tipo de dança, mas não me passa pela cabeça ser bailarino como ela. Gosto é de inventar meus passos, e danço pelo prazer de dançar. Dançar com a Dani é legal, mas depois o que eu quero mesmo é dançar com a Su, a minha Suzana, Sussu.

Tenho um presente para ela. Um CD dos Beatles, uma banda antiga que descobri recentemente; sei que ela vai gostar. Eu não queria dar uma cópia baixada na internet nem copiar um dos CDs do meu pai. Ele e minha mãe escutam de vez em quando esse grupo, mas eu nem havia me dado conta de como eles são bons. Eu queria dar para a Su o CD original, bacana, então fui à luta. Hoje à tarde peguei dois CDs dos Beatles numa loja do centro. Moleza. Só tenho é que me controlar para não pegar mais. Se meus pais desconfiarem, estou perdido. Mas me controlo. Sei que isto tem pouco a ver comigo, esta velocidade de agarrar o CD e arrancar o magneto num instante sem ninguém ver. É coisa dele, do lobo. Então, só de vez em quando. Só às vezes é que eu o deixo fazer das suas, um pouco para ele me pagar a hospedagem, digamos assim. Sei que não é certo, e só vou fazer isso por algum tempo. É pouquinha coisa. Furtar um CD não vai fazer mal a ninguém. Não é nada. Besteira. Só vai fazer a Sussu ficar surpresa, me olhar com admiração, abrir um sorriso e falar como se suspirasse: "Você é um amor, Lupi. Obrigada".

Vale ou não vale uma pequena transgressão?

Adoro a minha Sussu. Minha namorada. O problema é que ela é meio enfezadinha. Basta me ver no recreio com as outras meninas que passa direto e depois fica me olhando de longe, fingindo-se de fria e indiferente. Nem faz ideia de que eu sei perfeitamente o que ela está pensando.

Esse é um dos meus melhores atributos: saber o que se passa na cabeça dos outros.

A IRMÃ

Fui assistir ao treino de futebol dos meninos na escola, e estava olhando o João no gol, quando de repente me dei conta de como o meu irmão está bonito. Não é à toa que as meninas grudam nele o tempo todo. Está alto, esbelto, moreno, os olhos verdes e cabelos negros tão volumosos que é preciso puxar e fazer um rabo de cavalo. Cercado de meninas por todos os lados. Não sei como a pobre da Suzana aguenta!

Brinco com ele:

– Então, você agora é o rei do pedaço, maninho, rodeado de admiradoras. O que acontece com essas meninas? Estão cegas?

Ele ri, divertido.

– É minha sublime presença, maninha.

Nunca mais jogamos tênis e nunca mais brincamos de medir forças. Também, estamos os dois bem crescidinhos e os jogos de criança ficaram para trás. Mas só entendi realmente o que estava acontecendo depois do incidente na trilha. Até hoje as pessoas comentam o que aconteceu naquele dia. Virou um tipo de "lenda urbana" na escola.

Eu e mais duas meninas fomos limpar o lixo da trilha da Floresta da Serra com o João depois de um feriado prolongado. É um trabalho voluntário que ele sempre fez – João ama parques e florestas e tem uma consciência ambiental bem acima da média, isso desde sempre. Dessa vez, ele havia convencido duas turmas a ir lá. A primeira seguiu com ele de manhã por uma trilha, enquanto nós, três meninas, fomos com ele à tarde, seguindo por outra trilha, com o João à frente. Íamos com uma vara que ele mesmo tinha feito, com uma espécie de tridente numa ponta, para catar papel e restos de alimentos, e na outra ponta uma curvatura própria para pegar latinhas. Estávamos nos divertindo à beça, ainda que estarrecidas com a indiferença e a falta de modos com que algumas pessoas tratam um bosque – por todos os cantos vimos embalagens plásticas, guardanapos de papel, latas e garrafas, restos de comida, folhas de revistas, lenços de papel, e depois uma sapatilha quase nova ao lado de um arbusto, um tênis surrado, até um vidrinho de perfume vazio eu achei. Um pouco antes de começar a escurecer, meu irmão avisou que devíamos voltar, mas a Bel, toda envolvida no trabalho, quis seguir um pouco mais à frente, e fomos as duas atrás dela, enquanto João saía da trilha para pegar umas garrafas e um pano que tinha visto no meio de umas samambaias.

Empolgadas como estávamos, seguimos um pouco além no caminho, e mais depressa do que devíamos. De repente, três caras saíram da mata e nos cercaram. Adultos. Dois fortões e um magrela careca, os três rindo para nós.

Um falou:

– Perderam o guarda-costas, meninas?

O magrela deu uma risadinha aguda, mostrando as gengivas sem dentes.

– Ele foi pro mato?

E sem mais risadas nem conversas, os três pularam para nos pegar, e senti duas mãos suadas agarrando meu braço.

Nós três berramos:

– LUPI!!!

E de repente, pronto! Nenhuma de nós até hoje sabe dizer direito o que aconteceu.

Um vulto, um urro, um girar de corpos e gritos. Foi como um tufão, a Bel disse depois. Sim, um tufão, foi como nós três conseguimos definir. E o tufão era o João, com um cipó grosso na mão amarrando os três caras que gemiam como crianças machucadas.

Apavoradas, acompanhamos meu irmão, que foi empurrando os três até o posto policial, onde ficamos sabendo que eles eram foragidos procurados há mais de um mês. O delegado olhou para o João e perguntou:

– Garoto, você fez isso sozinho?

E ele respondeu:

– Sou faixa preta de caratê, doutor, e tive sorte.

Faixa preta de caratê? O meu irmão? Desde quando, que eu nunca soube disso? Pensei, mas fiquei muda. Estava estarrecida com tudo aquilo.

Os policiais telefonaram para os nossos pais, que foram nos buscar. No caminho de volta, sentada com ele no banco de trás, eu disse:

– Como foi aquilo, João, quer me explicar? Eu sei que você não faz aula de caratê nenhuma. E, depois, aquele tufão que vimos, como é que podia ser você?

– Vocês três estavam em estado de choque, maninha, não viram nada.

Minha mãe, sentada na frente ao lado do meu pai, virou-se para mim e então eu vi que o assunto era sério. Ela disse:

– Daphne, quando a gente chegar em casa, eu vou lhe contar uma coisa.

– Não, mãe – João começou a dizer, tocando o ombro dela com a mão e parecendo angustiado. Mas então ele pensou um pouco e disse, voltando a se encostar no banco de trás: – Tudo bem. Talvez seja melhor mesmo.

E me olhou de um jeito tão triste que senti um calafrio. Entendi que enfim eu ia ficar sabendo o que andava acontecendo lá em casa. Eu tinha razão, então. Alguma coisa estava mesmo acontecendo. Senti um pânico. Queria desistir de saber, falar para a minha mãe: "Deixa pra lá, mãe. Não quero saber de nada, não. Esquece". Mas continuei muda. Só me encolhi no banco e, sem ver nada, fiquei olhando o mundo passar lá fora.

Quando chegamos em casa, meus pais me levaram para a sala, mamãe me sentou ao lado dela e me contou.

Chorei muito enquanto ela repetia:

– É passageiro, filha. Seu irmão vai se livrar disso com dezoito anos.

Quando senti que estava mais calma e que conseguiria falar com ele, fui até seu quarto. Silêncio completo. João estava de pé, olhando pela janela, computador desligado, o som também. Assim que me viu na porta, me olhou com aqueles olhões esverdeados dele, e meu coração doeu. Eu nunca o tinha visto assim desamparado, preocupado, tão dependente da minha reação. Naquela hora eu soube quanto o amava e que jamais o abandonaria, acontecesse o que acontecesse.

Nós dois nos abraçamos forte e eu lhe disse ao ouvido:

– Estou do seu lado, meu irmão, seja como for. Sempre.

Depois disso, eu me pego observando-o. Vendo as mudanças dele. Tentando adivinhar o que está acontecendo com ele. E hoje no treino eu vi como ele está ficando bonito. Todo aquele charme, a simpatia. Músculos bem distribuídos, um tipo de força natural. Reparo em seus movimentos, no domínio que ele tem do corpo, na agilidade. Percebo o que as meninas devem ver nele. Entendo por que o cercam e o admiram e se sentem tão atraídas. É como se ele tivesse um ímã, um magnetismo intenso e selvagem.

Pobre delas!

Pobre dele!

ELE

Uma das coisas mais fantásticas da minha vida de licantropo é prever o que pode acontecer, o movimento dos outros e, assim, até mesmo seus pensamentos. É ótimo isso. E me evita muitos aborrecimentos. Nunca sou pego de surpresa.

Foi o que aconteceu naquele lance alguns meses atrás. Quando o Bernardo veio falar comigo e disse de supetão:

– Estamos achando que tem um lobisomem por aqui, Lupi. Parece um absurdo dizer isso, não dá pra acreditar, mas é o que estamos achando. Esta noite vamos sair para caçá-lo. Você não quer vir junto?

Imediatamente, eu soube de quem ele estava falando. Desde que vi o garoto, eu soube. Um menino loiro, cabeludo, nervosinho, que vi no *shopping* um sábado à tarde. Mais novo do que eu, devia ter uns treze anos. Imaginei que podia estar tão perturbado como eu fiquei na época da revelação. E que podia estar fazendo bobagens por aí.

Perguntei pro Bê:

– Mas por que vocês estão achando que tem um lobisomem por aqui?

– Porque muita gente viu uma figura vagando na lua cheia e uivando.

– Mas essa figura fez alguma coisa?

– Que eu saiba, não. Mas se ainda não fez, vai fazer, não é? Melhor prevenir.

– Como você pode ter certeza? – perguntei.

– Certeza do quê?

– De que essa figura vai fazer alguma coisa.

– Qual é, cara? Tá com medo? – Bernardo tentou me pressionar, mas respondi, na minha:

– Lobisomem é como um outro cara qualquer.

– Como assim? – ele perguntou, olhando para mim espantado.

– Você conhece algum? – perguntei.

– Que é isso, Lupi? Tá me zoando?

– Só estou perguntando. Você parece ter tanta certeza sobre eles que achei que conhecesse algum.

– Vai te catar!

E Bernardo foi embora, resmungando. Mas é que eu fico meio puto com essa certeza que as pessoas têm sobre coisas das quais não sabem nada, são só pré-ideias que lhes foram passadas por pessoas que tampouco sabem nada de nada.

No entanto, essa conversa foi boa, porque assim tive certeza de que havia mesmo outro lobisomem na cidade, e era o garoto loiro do *shopping*. Como avisá-lo para tomar cuidado? Eu não sabia quem ele era nem onde morava. A única pista que eu tinha era o *shopping*.

Peguei o ônibus e fui até lá, esperando contar com a sorte. Zanzei por ali umas horas e nem sombra do garoto. Sentei numa murada do primeiro andar e comecei a farejar. A princípio só para passar o tempo até ter uma ideia melhor do que fazer. Acho divertido saber como as pessoas são antes de vê-las, e então a ideia me ocorreu: eu poderia tentar achá-lo pelo cheiro. A cidade era grande, mas quem sabe ele morasse por perto? Rapidamente, montei um esquema na cabeça. Outro atributo que herdei é um sentido de orientação muito preciso, que uso sobretudo nas minhas noites de lua cheia, mas que agora poderia ser muito útil – a perfeita consciência do mapa da cidade na minha mente. A próxima lua cheia seria dali a cinco dias. Até lá, se eu fosse de bairro a bairro, começando pelas redondezas em torno do *shopping*, eu poderia encontrá-lo.

E o encontrei na terceira tarde de procura.

Senti o cheiro de um semelhante ao passar por uma mansão em uma rua residencial tranquila de um bairro simetricamente oposto ao meu. Parei e olhei pelo portão do jardim, dando a ele a chance de também sentir meu cheiro, se não estivesse com a cabeça em outras coisas.

Esperei um pouco, até que o menino apareceu, a cabeleira loira, tão concentrado quanto eu. Abriu o portão com um jeito ríspido e me encarou.

– O que você quer? – perguntou, sem uma lasca de simpatia. Talvez um pouquinho de curiosidade, se tanto, e animosidade.

– Preciso te falar uma coisa – eu disse.

Ele pensou um pouco, saiu e fechou o portão atrás de si, com toda a pinta de contrariado.

– Vamos caminhando – ele disse, e apontou na direção que ia dar em um pequeno parque.

Chegando lá, não nos sentamos. Conversamos caminhando.

Definitivamente, ele era um menino nervoso. Espinhas grandes no rosto, cabelo oleoso, ossos protuberantes, nariz aquilino e enorme. Mexia-se o tempo todo, enfiando as mãos no bolso, tirando-as logo a seguir para alisar o cabelo para trás e voltar a enfiá-las no bolso, começando todo o ciclo de movimentos outra vez.

– O que você quer? – perguntou.

– Bom – eu disse, tentando amenizar o clima. – Primeiro, te conhecer. Jamais conheci ninguém como eu. Estava curioso. E, segundo, te dar um aviso.

– Sobre o quê?

– Acho que estão atrás de você.

– De mim? – ele se espantou.

– Não tenho certeza, mas você conhece outro além de nós?

– Claro! Meu pai e meu irmão – ele disse, acho que sem querer.

Foi a minha vez de me espantar. Uma família de lobisomens. Um lobisomem adulto. Senti um glu-glu seco na garganta.

– Como você sabe que estão atrás de mim? – ele perguntou.

Contei o que o Bernardo tinha dito.

– E não pode ser você que eles viram?

– Tenho certeza que não. Nunca fico na cidade e nunca me aproximo de ninguém. Me escondo completamente. E você?

Ele demorou um pouco para responder, e quando respondeu disse que não se importava de ser visto. Pelo contrário. Até gostava.

– Então, está explicado – eu disse. – Já te viram e sabem. Mas não entendo. Por que você quer se mostrar? Não tem medo de ser perseguido?

– Pelo contrário – ele respondeu, dando um risinho desafinado. – Quem sente medo é quem me vê.

Outra vez me espantei. Com o que ele disse, com o risinho e com o seu tom de voz. Lembrei da promessa que havia feito a minha mãe.

– Seu pai sabe que você faz isso? – perguntei.

Ele riu mais ainda. E depois respondeu que, evidentemente, seu pai era o seu mentor.

Fiquei com vontade de lhe perguntar muitas outras coisas, de trocar ideias. Embora mais novo do que eu, ele parecia muito confiante sobre quem ele era, ou fingia bem. Eu queria saber como ele lidava com seus atributos, se eram os mesmos que os meus, e queria demais saber sobre o seu pai, e como era a relação dos dois, e tantas outras coisas.

Mas a cara e o jeito dele não me estimularam. Era óbvio que não tinha gostado nem um pouco da minha intromissão e queria se desvencilhar de mim. Perguntei pelo menos mais uma coisa:

– Você sabe se tem outros lobisomens na cidade além de nós?

– Por que você quer saber?

E com isso acelerou o passo e encerrou nossa conversa, virando-se um pouco para me dizer:

– Não se meta mais na minha vida, combinado? E não apareça por aqui de novo. Este lado da cidade é meu.

Eu não disse nada, surpreso. Quanta agressividade!

Ao chegar em casa, achei que devia contar à minha mãe. Não queria preocupá-la, mas eu havia prometido contar tudo a ela, e sabia que era importante. Além disso, eu precisava conversar com alguém. Só podia ser com ela.

– É assim mesmo, filho – ela me disse. – Eu não te falei nada antes porque tinha esperança de que você não encontrasse nenhum, mas há grupos distintos de lobisomens. Cada grupo tem seu território. Pelo que você me contou, esse rapaz e o pai devem formar um grupo. Fique longe deles, pois só te trarão aborrecimentos. Sobretudo o pai.

Mais tarde, fui ver se conseguia descobrir na internet quem eram eles. Pelo endereço, cheguei ao nome do proprietário da casa: Ruy Binklevís. Pintor, obras em museus. Cliquei para vê-las. Borrões e manchas de cores veladas que se fundiam em uma coisa só, horrorosa, do meu ponto de vista. Entendi imediatamente que ele havia tentado reproduzir a visão de lobo em seus quadros, mas fracassara redondamente. Puxei uma foto dele: loiro e cabeludo como o filho, só que com outro tipo de postura, grandalhão, poderoso, autoconfiante.

Senti uma raiva irracional desse cara que eu nunca tinha visto. Uma raiva quente como uma lava de vulcão preenchendo meu corpo.

Naquela noite, não consegui dormir. E de repente, num impulso, saí de casa, fui até os limites do meu bairro, oposto ao bairro do pintor e de seu filho, e mijei no que me pareceu ser a minha fronteira. Mijei por todo lado, quase atravessei o bairro mijando em seus limites.

Quando voltei e entrei no meu quarto, já mais calmo, pensei, estarrecido: o que foi que eu fiz?

O PAI

Depois da reunião no colégio do João esta noite – vamos sempre a essas reuniões de pais um tanto apreensivos, sobretudo eu, acho, Milva nem tanto –, o coordenador veio nos dizer que o desempenho escolar do João está excelente.

Nem eu nem Milva conseguimos disfarçar o orgulho, esquecidos por um momento de todo o resto. Tenho ficado bem mais sossegado vendo nesses anos que, afinal, meu menino está crescendo bem. Não tem nos dado aborrecimentos.

Nas noites de lua cheia, vejo quando ele sai e fico acordado a noite toda até ele voltar, de manhã. Não durmo. Tampouco Milva.

Logo que voltamos a conversar, ele me contou o que faz nessas noites de lua cheia. Ele corre. E se admira com a maneira diferente de ver as coisas. O cheiro. Os ruídos. As luzes. Nada do que ele me contou me pareceu muito perigoso ou preocupante. Passei a acreditar mais em Milva e em sua intuição de mãe. Confio também em Daphne, que é mais próxima dele e sabe mais do que nós. E ela nos diz que podemos ficar tranquilos.

A educação que damos a nosso filho é sólida – é do que Milva sempre me lembra –, e talvez ele consiga passar incólume por essa fase. Tem exemplos de ética dentro de casa, e isso ajuda a formar o caráter de um filho.

Minha esperança é que Milva esteja certa. Mesmo assim, todas as manhãs que seguem à noite de lua cheia, quando Milva vai ao quarto de João pegar seu *jeans* e sua camiseta, há sempre um momento de intensa expectativa.

E quando vemos suas roupas sem nenhum vestígio de sangue, um olha para o outro e o peso nos deixa. Respiramos.

ELE

Na noite de lua da tal caçada ao lobisomem, organizada pelo Bernardo, eu aprendi algumas coisas.

Foram os meus amigos que se deram muito mal: Bê foi parar no hospital, com uma fratura no quadril, e os outros dois saíram machucados com escoriações e luxações diversas. Me contaram que eles não viram direito o que os atacou, se é que foi mesmo algum ataque ou apenas uma barbeiragem do Cadu, como o delegado disse. Alguma coisa veio por trás do carro e o arremessou como um bólido. Felizmente, eles iam bem devagar, caso contrário o estrago teria sido muito maior. Estavam examinando as ruas, dois deles de cabeça pra fora mas olhando pra frente, disseram, e não viram nada. O delegado veio com a explicação de que o Cadu, irmão mais velho do Biano que estava dirigindo, deve ter pisado no acelerador sem sentir. É difícil acreditar porque o Cadu dirige bem.

Seja como for, lobisomem ou não, o bom é que os três desistiram de caçá-lo, e deixaram o assunto para a polícia. O delegado disse que de vez em quando recebe queixas semelhantes de turmas de rapazes que cismam com alguma coisa. Podem ter incomodado alguma gangue da pesada, e deu nisso. Investigariam, sim, mas já sabia no que ia dar a investigação: em nada. O delegado até já tinha um nome para esse tipo de problema: Síndrome da Lua Cheia. Estavam acostumados.

Ao saber da história, me senti responsável, um traidor. Avisei o cara. O loiro não tinha o direito de machucar meus amigos. Ele que não voltasse a estas bandas, ou eu não responderia por mim.

Cheio de culpa, passei a ajudar a turma do Bernardo. Deixei o Cadu, que joga no time dos mais velhos, fazer um gol, e foi uma ovação. Ele saiu carregado pelo pessoal e agora é considerado o melhor centroavante da escola. Com o Biano, banquei o cupido, fazendo a Carol vê-lo de outro jeito. Contei a ela coisas inacreditáveis sobre o cara. Inventei, e não é que deu certo? Os dois começaram a namorar. E para o Bernardo passo cola nas provas e o chamei para participar do meu grupo de trabalho. O resultado foi que agora os três grudaram em mim. Tudo bem, gosto deles, são gente fina. Querem montar uma banda e me convidaram para ser o baterista ou o vocalista, ou os dois. Eu não havia pensado nisso, mas gostei da ideia. Comecei a fazer umas composiçõezinhas. De repente posso ser músico, por que não?

Lobisomem ou não, minha sensação é que eu posso ser e fazer o que eu quiser. Como me senti naquela noite no cemitério. Não que eu goste de passar por lá. Antes eu nunca ia, só fui ao enterro do meu avô, e agora vou de vez em quando nas minhas noites de lua cheia. Talvez por ser um lugar tranquilo à noite, não há ninguém por lá a não ser, claro, os mortos. Quando estou com sede, sei onde tem uma torneira com água que talvez não seja muito limpa, mas não importa. Bicho não se preocupa com água filtrada.

Quando vou ao cemitério, vejo sempre uma cachorrada reunida no portão de entrada. Mas, por alguma regra do mundo animal que desconheço, eles põem o rabo entre as pernas e desaparecem quando me farejam chegar. Gosto disso. De ver como eles me respeitam.

Naquela noite, eu havia tomado minha água e já estava me preparando para saltar o muro e ir embora quando senti cheiros misturados. Sangue humano e podridão. Uma coisa que descobri ser quase irresistível para mim nessas horas é a curiosidade. Fui me aproximando para ver o que era.

Três caras mexiam numa sepultura. Dois estavam dentro do buraco que eles tinham cavado, três pás jogadas de lado, enquanto o outro, com uma lanterna, iluminava o que eles faziam e segurava um saco na outra mão.

Não entendi e cheguei mais perto.

Vi que os dois dentro do buraco tiravam coisas de lá e enfiavam no saco que o homem da lanterna segurava. Pareciam coisas pequenas, e então eu saquei: estavam roubando joias do cadáver. Eu já tinha ouvido falar de ladrões especializados em roubar túmulos, e achava isso grotesco, covarde. Nem os mortos aqueles malucos deixavam em paz!

Dei um salto e apareci, rosnando.

O efeito foi fulminante: pavor nos olhos deles e a fuga atropelada dos três. Fiquei surpreso com o tamanho da minha força. Então bastava que me vissem para saírem correndo desesperados? Imagine o que eu posso fazer, pensei eufórico!

E pelo resto da noite senti um tipo de orgulho formidável.

Mas, claro, no dia seguinte, o balde de gelo dos alertas maternos caiu com tudo sobre a minha cabeça. Pensei na noite anterior no cemitério e entendi.

Muito cuidado, eu disse a mim mesmo. Deve ser este o grande perigo a que minha mãe se refere: eu começar a gostar do meu poder de lobisomem.

A IRMÃ

Arrggh! Abri a porta do quarto do João, mas desisti de entrar. Não me acostumo com esse fedor dele, e acho que ele faz de propósito. Tira o tênis e deixa bem na porta só para me dar ânsia de vômito, o engraçadinho.

Como será que ele faz quando está com a Su?, fico pensando.

Outra coisa que eu também não sei como ele faz quando está com outras pessoas é comer. Em casa ele come com um apetite que chateia até a minha mãe. Outro dia, na hora do almoço, perguntei como ele faz quando come com a Su.

– Porque dá nojo, sabia, ver você encher a boca de comida e depois ficar mastigando e mostrando aquela massa toda ensalivada e mal triturada, ver seu cuspe asqueroso espirrando da sua boca quando você fala...

Ele abriu ainda mais sua bocarra, rindo com os olhos.

– Mãe, manda o João ir comer na cozinha. Ele precisa aprender a mastigar de boca fechada e nos poupar da visão dessa pasta que dá engulhos.

Ele me olhou pronto para dar uma resposta, mas a voz de papai soou primeiro.

– Daphne, não quero discussões na mesa. E você, João, mastigue de boca fechada e deixe para fazer suas graças depois que tiver engolido a comida.

João fechou a boca, mas continuou olhando para mim com ar de deboche. Quando saímos da mesa, chegou por trás e disse bem baixinho:

– Eu não como perto da Su, maninha. Quando estou com ela, ocupo minha boca com coisas bem diferentes.

– Patético! – eu disse.

Ele saiu rindo em direção à cozinha, para cumprir sua obrigação de colocar a louça na máquina de lavar.

ELE

O cheiro que vem do ser humano, eu agora consigo identificar do que é.

Sangue.

Mas não do sangue em contato com o ar, e sim quando ele ainda está coberto pelo órgão extraenorme que é a pele, e retém seu perfume de fundo. Sinto-o quando abraço a Sussu.

Acho que é o cheiro que merece ser chamado de inebriante.

A MÃE

Hoje achei que havia chegado o momento de contar ao João e à Daphne a história do avô, que eles queriam tanto saber.

Meu pai cometeu muitos erros. Um deles foi casar com a minha mãe sem lhe contar o que ele era. Amava-a e tinha um medo terrível de perdê-la, se contasse – foi como se justificou. E como eu, a primogênita, nasci sem a risca vermelho-rubi, ele achou que minha mãe só deveria saber caso tivessem outro filho, e se o filho nascesse como ele, lobisomem.

Sempre que a lua cheia estava prestes a chegar, ele viajava sozinho para algum lugar. Eram jovens apaixonados e viveram anos assim. Até minha mãe ficar grávida pela segunda vez. Tudo indicava que seria um menino, e a felicidade do meu pai era enorme. Tanto que se descuidou e, quando minha mãe estava com cinco meses, ele se atrasou para viajar. Quando deu por si, sua transformação estava começando em seu próprio quarto.

Minha mãe entrou e viu.

Com o terror que sentiu, ela perdeu o filho, e jamais perdoou meu pai. O engano em que ele a fizera viver todos aqueles anos a mortificou de tal maneira que ela dizia que também havia morrido ali.

Não havia divórcio na época e, de qualquer maneira, depois do acontecido, ela ficou sem energia para enfrentar o mundo sozinha, com uma filha pequena. Seus pais haviam falecido e minha mãe não tinha a quem recorrer. O que fez foi se mudar de quarto e nunca mais dirigir a palavra a meu pai.

Com isso, é possível imaginar como era a vida em minha casa. O que me salvou foi que nenhum dos dois deixou o sofrimento deles contaminar o que sentiam por mim. Como era comum na época, eu estudava em um internato e ia para casa só durante as férias, quando então minha mãe enchia a casa de crianças e, anos depois, de jovens. A farsa do casal era tão bem montada que eu só vim a perceber que um não falava com o outro bem mais tarde, quando minha mãe me contou tudo sobre meu pai e sobre as possibilidades que o DNA da minha família continha.

Isso aconteceu quando eu lhe disse que estava apaixonada e pretendia me casar com Conrado. "A primeira coisa que você vai fazer quando sair daqui é contar a ele tudo o que acabei de lhe dizer", ela me ordenou. E foi mesmo a primeira coisa que fiz. Conrado se casou comigo sabendo de tudo.

Mas voltemos ao meu pai...

Na geração anterior à dele, não houve lobisomem na família: ninguém nasceu com a marca. Essa foi outra justificativa que ele me deu quando conversamos e ele próprio me contou sobre sua família: nunca houve ninguém para orientá-lo e ele não sabia como proceder quando se apaixonou pela minha mãe. Teve que aprender praticamente sozinho a enfrentar o destino da risca vermelho-rubi.

Ele era comerciante quando se casou. Com seus atributos, logo enriqueceu e montou uma pequena fábrica, que depois se ampliou e virou uma grande indústria. Quando meus filhos o conheceram, ele já estava decadente, mas foi um homem de grande riqueza e poder. O que, a rigor, nunca serviu de muita coisa, porque nenhum dos dois aproveitou muito tudo aquilo. E minha mãe também não permitiu que eu aproveitasse. Ela me criou com conforto e com todas as oportunidades de educação, mas nunca com luxo. E quando um dia eu lhe perguntei por que ela não viajava mais, não se cuidava mais, não aproveitava mais o dinheiro que possuía, ela me disse que nunca usaria uma riqueza que tinha vindo do sofrimento de outras pessoas. E então contou como meu pai subornava, comprava quem ele quisesse, e como explorava seus empregados. "Quando as pessoas falam em corrupção", ela disse, "se esquecem de que a corrupção tem dois lados: o de quem corrompe e o de quem é corrompido. É com o corruptor que a corrupção se inicia. Seu pai é um corruptor", minha mãe me disse. Ele subornava fiscais, comprava favores de políticos, usava sua influência para continuar em um crescendo de riquezas e poder.

"Para quê?", minha mãe se perguntava, se nem ele mesmo aproveitava esse dinheiro vergonhoso? Não era um homem de festas nem de viagens, nem de muitas diversões. Vivia amargurado com a rejeição dela e sempre afundado em seus negócios, como se seu único prazer fosse fazer o dinheiro crescer.

"Para quê?", eu perguntei a ele quando tivemos a nossa conversa, a única que tivemos sobre tudo isso, e por alguma razão, quem sabe pelo cansaço extremo que parecia esvaziá-lo de tudo a não ser de seu afeto por mim, ele foi radicalmente sincero. Talvez pela primeira vez na vida, tenha sido totalmente sincero. Eu sabia que daquela conversa dependeria minha relação com ele. Se eu continuaria a amá-lo como filha ou jamais o perdoaria, como fez minha mãe.

Exaurido por sua dor particular – o amor que teve por minha mãe jamais arrefeceu –, decidiu não me esconder nada, ir até o fundo do que eu precisava saber. Sentado em seu escritório, ele fumava seu cachimbo favorito, um cachimbo com o formato de um lobo em posição de corrida e que desde pequena eu associava com ele.

Puxou uma baforada funda, deixou a fumaça subir e pareceu refletir sobre o que ia me dizer: "Eu já não era eu, minha filha; era tão só a encarnação do meu dinheiro", disse por fim. "Corrijo. Eu disse 'meu' dinheiro quando na verdade 'eu' é que era do dinheiro. É como uma possessão, um tipo de vício: viver para fazer o dinheiro crescer, pois quando ele para de crescer, diminui. O dinheiro não sabe o que é a estabilidade: está sempre em movimento, se não é para cima, é para baixo."

Parou e me olhou para ver se eu estava entendendo o que ele dizia.

"O dinheiro traz consigo o veneno do poder", continuou. "Desde muito tempo, talvez desde o dia em que sua mãe me expulsou de sua vida, eu só me sinto bem controlando os outros, dominando-os, dobrando-os à vontade da riqueza que eu encarno. Meu único prazer vem disso. Quando eu não o tiver mais, morro."

A verdade é que meu pai já tinha começado a morrer havia algum tempo. Desde a morte da minha mãe, a tristeza vinha roendo seus ossos. Quando soube que estava doente, não aceitou nenhum tratamento, não tomou nenhum remédio. Deixou os negócios de lado e, como havia me afirmado, ao não avançar mais, retrocedeu para a falência.

João perguntou:

– Foi porque meu avô era lobisomem que meu pai não gostava dele?

Hesitei em responder. Não queria de maneira nenhuma complicar mais a relação já complicada de João com Conrado. Por outro lado, eu não podia mentir. Como aquela conversa que eu tive com meu velho pai, essa nossa conversa também tinha que ocorrer sem subterfúgios e sem mentiras.

– Se eu bem entendo seu pai, o que ele sente é um desprezo visceral pela maneira como os lobisomens usam seu poder. Não pelos lobisomens em si, eu diria, mas pela corrupção que os envolve, as injustiças que eles ajudam a perpetuar, o poder que usam em proveito próprio. Mesmo antes de saber que seu avô era lobisomem, Conrado já não gostava dele por causa das coisas que sabia que seu avô fazia, e que seu pai acompanhava pelos jornais. Os jornais falavam muito do seu avô.

– Uma coisa que não entendo, mãe. Os lobisomens nunca usam os atributos deles para o bem? – João perguntou.

– Nunca, filho. Também não entendo exatamente por que isso acontece, mas até hoje sempre foi assim.

– Deveria ter uma maneira...

– Mas não tem, João. – Fui bem incisiva. – Seu avô e todos como ele viveram uma história terrível e deixaram uma herança terrível. Caberá a você, meu filho, daqui a três anos, colocar um fim nessa história.

Depois de uma pequena pausa, completei:

– Pelo menos para a nossa família.

Ficamos ainda um bom tempo, nós três ali na sala, em silêncio. Daphne havia se aconchegado a mim, e vi que ela chorava. Então me levantei, abracei os dois bem forte e depois fui para o meu quarto. Eu precisava ficar sozinha. Meus olhos estavam ardendo com as lágrimas que eu não quis deixar correr perto deles.

ELE

Descobri uma coisa.

Quando não sabem o que me dizer, meus pais me abraçam.

A IRMÃ

– João, tenho uma coisa para te propor.

Ele estava no computador e nem ergueu os olhos para mim nem desligou o som.

– Diga.

– Vamos fazer um pacto? – falei.

– Que pacto?

– Não ter filhos.

Só então ele tirou os olhos da tela e se virou para mim meio surpreso, como se essa ideia lhe fosse inteiramente inesperada.

– Desde a conversa com mamãe, é só nisso que eu penso. Não quero passar essa nossa herança para a frente. Não é uma ideia tão estranha assim. Tive que fazer um trabalho sobre Machado de Assis e li um livro dele chamado *Memórias póstumas de Brás Cubas*. É um morto que está contando a sua vida, e sabe o que ele diz no final, sabe como é a última frase do livro? "Não tive filhos, não transmiti a nenhuma criatura o legado da nossa miséria." Na hora pensei em nós dois. Acho que é isso que a gente precisa fazer. É a nossa melhor escolha.

– Mas eu vou deixar de ser lobisomem quando eu fizer dezoito anos, Daphne – ele disse.

– Certo, mas o seu DNA vai continuar o mesmo. Veja a mamãe. Ela teve a gente depois dos dezoito anos e mesmo assim herdamos isso dela.

– Você não.

– Mas eu posso passar para os meus filhos, como ela passou para você. Não quero correr esse risco.

Ele refletiu um pouco:

– Tudo bem – disse. – Eu nunca havia pensado nisso. Acho que você está certa.

– Me dê sua mão – eu pedi.

E sem lhe dar tempo de nada, espetei a agulha que eu havia trazido no indicador da mão esquerda dele. Em seguida espetei no meu dedo, e juntei os nossos dedos.

– Nosso pacto de sangue – eu disse. – Do lado do coração.

Ele não abriu a boca. Nem veio com nenhuma gracinha dessa vez. Parecia diferente, estava concentrado. Não sei se estava levando a coisa a sério ou se era porque sua cabeça andava longe em outro lugar.

Depois de um minuto, puxei meu dedo e lambi o resto adocicado da gota quase negra de sangue.

Ele fez o mesmo e disse:

– Agora vai, dá o fora do meu quarto.

E voltou para o que estava fazendo no computador.

Nem tudo é fácil

ELE

Sussu.

Que saudades!

Da vitalidade dela, da energia dela. Eu me sentia tão bem a seu lado.

Quando Sussu veio me contar que iria passar um ano na Nova Zelândia, minha primeira reação foi de raiva. Fiquei bravo. Como se eu tivesse algum direito sobre ela. Como se ela me pertencesse ou algo assim.

Ela não esperava por isso. Ficou surpresa e chocada com a minha reação.

– Por um momento, achei que você fosse me bater – ela me disse uns dias depois, muito séria, ainda sem saber se me perdoava ou não.

Felizmente, quando fiquei daquele jeito que a chocou, tive o bom-senso de sair de perto dela imediatamente; virei as costas e fui embora bufando.

Nunca me senti tão confuso e tão desesperado.

Nem eu me reconheci.

Acho que passei uns dois ou três dias bufando, até entender melhor a situação.

Quando a procurei de novo, ela não queria falar comigo. Estava muito decepcionada. Magoada. Havia uma tristeza funda na maneira como me olhava.

– Lupi – ela disse, depois de um tempão calada. – O que foi que deu em você?

Expliquei como pude. Confessei que nem eu mesmo tinha entendido a minha reação. Talvez o amor que sentia por ela e o medo de perdê-la me tivessem descontrolado.

– Não acho que o amor possa ter alguma coisa a ver com raiva, Lupi.

– Desculpa – eu lhe pedi. – Desculpa.

Ela segurou minha mão e choramos juntos. Ela pelo pressentimento e eu pela certeza de que não poderíamos continuar juntos.

Desde criança ela havia sonhado em estudar na Nova Zelândia, depois de ter visto um documentário sobre esse país tão longe do nosso e tão diferente. Ficou apaixonada pelos maoris, passou a ler tudo sobre eles.

– Fiz meus pais me prometerem que quando eu terminasse o colegial eu ia poder continuar meus estudos na Nova Zelândia *se* tirasse boas notas, *se* aprendesse inglês, *se* um monte de coisas – disse Suzana. – Fiz a minha parte, eliminei todos esses *ses*, e agora eles estão fazendo a deles. Mas o que eu ia te contar, antes daquela sua reação, é que agora eu quero e ao mesmo tempo não quero ir, você entende?

– ...

– Depois da nossa briga, não tive dúvidas e quis ir logo, não queria ver você nunca mais. Mas agora estou de novo querendo e não querendo. Você entende, Lupi?

– ...

– Diga que entende.

– Hãhã.

– De verdade?

– Não gosto de ver você indo embora, mas, tudo bem, entendo.

– Vou te escrever todo dia.

– Não prometa.

– Você não vai me escrever?

– Não sei – eu disse. E ela me olhou outra vez surpresa. Dei um tempo e continuei. – Não quero prometer, não sei se vou te escrever.

– Então você não entendeu nada, Lupi – ela disse, já com outro tom de voz.

– Entendi até demais, Su. E entendi também que nem você nem eu sabemos o que vai acontecer. Melhor esperar pra ver.

– Ver o quê, Lupi?

– Ver.

– Que você não gosta de mim? Já estou vendo.

– Agora é você que não está entendendo.

– Não mesmo.

Silêncio. Um século de silêncio.

Por fim, ela se levantou e eu vi que ela tremia um pouco e tinha lágrimas nos olhos.

– Tchau, Lupi – Suzana disse.

– Se é assim que você quer, tchau, Su.

E ela se levantou toda empertigada e foi embora com uma carinha fingida de decisão.

Minha Sussu. Talvez ela não tenha percebido o quanto eu estava engasgado, com os olhos ardendo, o peito explodindo. Ou talvez tenha percebido. Mas não havia outro jeito. As cartas só iriam prolongar o desfecho, e era melhor terminar de uma vez. Depois dos três dias de desespero que passamos brigados, eu havia entendido uma coisa que me feriu mais profundamente do que tudo. Ela não sabia quem eu era. E eu não sabia se era de mim que ela gostava ou se era *dele*.

Pensei muito em aproveitar para lhe contar meu segredo, mas não tive coragem: eu ia morrer de vergonha. Agora entendo por que meu avô não quis contar para a minha avó. Ainda que meu caso seja diferente: quando eu tiver dezoito anos, volto a ser só eu mesmo. Então, quem sabe, posso procurar a Sussu de novo e ver se é de mim mesmo que ela gosta.

Mas até eu completar dezoito anos é tempo demais. Não vou aguentar essa dúvida até lá; é muito sofrimento. Melhor terminar de uma vez. Para sempre.

A MÃE

João anda ensimesmado, triste. Meu filho que sempre foi tão alegre.

Sei que ele terminou com a namorada, de quem estava gostando muito. Um doce de menina. Sempre que eu a via, eu pensava em uma boneca de porcelana.

Ele não quis falar muito sobre o assunto, mas olho para ele e acho que entendo o que ele está passando. A luta interior. As dúvidas. As tentações. Queria poder segurar sua mão e seguir ao lado dele pelo caminho. Segurá-lo forte, protegê-lo, afastar os perigos. Mas é tão insignificante o poder de uma mãe! O que uma mãe tem de potente é apenas o amor, e o amor, quando confrontado com a realidade do mundo, parece tão frágil.

"Parece, mas não é", me disse uma vez um senhor muito sábio. "Muitas vezes é pelo amor aos pais, para não perder o amor e a admiração dos pais, que um jovem se salva."

ELE

Desisti da banda.

Os caras são muito ruins. Não entendem nada de instrumentos. Acham que tocar é só ir tocando, não estudam, não se dedicam. Além disso, tenho um ritmo próprio e acabo me esquecendo deles e seguindo em frente. Ou então eu é que sou muito individualista e não dou certo em banda.

Eles não se queixavam de mim; quer dizer, a não ser dos meus uivos. Eu uivava demais, diziam, o que os deixava meio tensos, sem conseguir me acompanhar. Só que o que eles chamam de uivos é justamente a minha marca. As garotas gostam, e eu também.

– Mas não precisa exagerar, Lupi. Você parece que fica possuído – eles diziam.

– Mas, caras, quando vocês viram um cantor de *rock* que não fica possuído? Tem que ser assim mesmo – respondi.

E eu tinha razão. Só não sei bem se eu quero mesmo continuar cantando. E também não sei se o cantor sou eu ou se é o *outro.*

Este é o meu grande problema, o mais sério deles: nunca sei quando a coisa é minha mesmo ou dele, do lobo. Não dá para eu me empenhar para valer em uma coisa que não sei se vou continuar tendo ou se vou perder quando eu não for mais lobisomem. Como saber que atributos são meus e quais são *dele*?

Isso me atrapalhou com a minha Sussu! Me atrapalha com a música, me atrapalha com um monte de coisas. Outro dia o coordenador veio perguntar para a classe se já sabíamos que faculdade queríamos fazer. E eu, o que eu disse? Disse que não sabia. E ele:

– Tudo bem, Lupicínio João. Você tem muitas escolhas, não estamos preocupados com você.

Pois deviam. Deviam se preocupar muitíssimo comigo, eu tive vontade de lhe dizer.

É horrível não saber o que eu sou nem o que eu vou ser. Não saber o que é meu e o que é dele. Não saber se as pessoas gostam de mim ou dele. Não saber se o que eu faço sou eu que estou fazendo ou se é ele, o licantropo.

Mas às vezes, mesmo como lobisomem, eu tenho certeza que sou eu. Como naquela noite de lua cheia há dois ou três meses, quando eu corria pelos terrenos abandonados da cidade, ouvi um choro de bebê e senti um cheiro confuso de alguma coisa podre, uma coisa humana. Farejei até chegar a um casebre e dentro dele encontrei uma mulher maltrapilha e um bebê respirando com dificuldade. O cheiro vinha do bebê. Alguma coisa apodrecia dentro dele.

A mulher nem me olhou ou, se olhou, não deve ter me achado tão diferente dos seus companheiros noturnos. E não sou mesmo. Quem me vê em noites de lua cheia pode me achar peludo demais, asqueroso ou sujo demais, porém não muito mais que isso. A faísca dos meus olhos eu consigo esconder com facilidade olhando para baixo, fingindo timidez. Um lobisomem, se quiser, pode passar por um homem horrorosamente peludo e forte, mas ainda assim um homem.

Eu disse à mulher:

– Essa criança tem que ir imediatamente para um hospital.

Ela nem levantou os olhos. Estava na cara que sabia disso, só não sabia como fazer para levar a criança a algum lugar.

Peguei o bebê nos braços e segurei a mão da mãe, que se levantou. Caminhei com eles sem correr, para não assustar ninguém, mas rápido. A mãe seguia aos trambolhões, puxada por mim, que lhe dava um pouco de impulso e força. Conseguimos chegar ao pronto-socorro mais próximo, e ali deixei mãe e filha na porta.

No dia seguinte, passei por lá e vi as duas no fundo da enfermaria. O cheiro de coisa podre na criança diminuíra bastante. Perguntei sobre ela a uma enfermeira que passava e ela disse:

– Ah, aquele bebê?! Foi um milagre ele ter chegado aqui a tempo. Mas chegou. Agora vai ficar bom.

Uma sensação desconhecida e potente me invadiu naquele momento, e decidi: "Vou ser médico. Vou salvar vidas. É isso o que quero fazer".

Não é sempre assim.

Muitas vezes me vejo fazendo coisas inúteis, que não têm nada a ver comigo. Fazendo coisas só porque agora eu posso. E o pior: acabo gostando. Acabo achando que é só uma brincadeira, uma coisa boba, menor. E assim vou indo. E vou indo. E vou indo.

As meninas me olham e o que vejo nos olhos delas é admiração. E os meninos... tem os que se aproximam e querem ser meus amigos, e tem os que me detestam. Esses não são páreo para mim em nada.

O último que andou querendo se meter comigo foi o Cláudio. Escutei a voz dele cochichando com a Luli que eu estava cada dia mais convencido e que ele ia abaixar a minha crista. Depois vi quando ele foi até a sala da coordenadora e ficou lá um tempão. Se eu tivesse apostado com alguém, eu teria ganho: no final da aula, a dona Berta me chamou para a sua sala. Disse que havia rumores de que eu estava mexendo com drogas.

– Você está mesmo, Lupicínio João? – ela perguntou. – Achei estranho. Você, um jovem com tantos talentos e com tão boas notas... Gostaria muito que você fosse sincero comigo.

Fui o mais sincero que pude. Acho a dona Berta super gente fina, sempre procurando entender o que acontece antes de adotar qualquer tipo de medida. Meu único problema com ela é o tom de sua voz. Fininha, aguda, e paradoxalmente, monótona. Falei, já louco para sair dali:

– Eu sei que foi o Cláudio que andou espalhando esse rumor, dona Berta. – A coordenadora piscou os olhos não de todo surpresa por eu saber quem havia me dedurado. – Mas nada disso tem fundamento, dona Berta. Pode ficar tranquila. Nunca tive nenhum interesse em drogas. Nenhum mesmo. E meus pais sabem disso. Pode falar com eles.

Como era também o que no fundo ela achava, bastou um pouco mais de sorrisos, simpatia e paciência com a sua voz, e pronto: fui para casa sem grilos.

Por um momento, até pensei em me vingar do Cláudio, mas depois achei que seria perda de tempo. Era só deixar que ele visse que a sua sacanagem não tinha me custado sequer uma repreensão. Só isso já seria vingança suficiente.

Eu tinha coisas muito melhores para fazer.

O PAI

Outra vez tive que ir à delegacia por causa do João. E outra vez por um bom motivo.

O delegado me cumprimentou todo efusivo:

– Que filho o senhor tem! Que solidariedade tão rara nos dias de hoje!

Dessa vez João evitou um assalto. Uma senhora em um carro, parada no sinal vermelho. Dois rapazes em uma moto, um armado com uma pistola nove milímetros. João seguia pela calçada. Depois a mulher só soube dizer que houve um lampejo de alguma coisa e, quando ela viu, o cara com a arma estava caído no chão, a arma bem longe dele, e o outro, o que dirigia moto, corria veloz em zigue-zague entre os carros.

João assinou calmo o boletim de ocorrência e voltamos para casa.

Não sei o que pensar disso tudo. Até agora esse menino só tem nos dado alegrias. Não tenho do que reclamar. No entanto, quando Milva e eu conversamos, concordamos que não devemos nos iludir. É excelente que ele esteja usando suas capacidades em boas ações, mas ele ainda é muito jovem, os perigos continuam. O fato é que, até ele fazer sua escolha, tudo pode acontecer.

Foi mais uma noite que não consegui dormir. Acabei saindo da cama, para não incomodar Milva, e fui até a varanda. Felizmente, não era noite de lua cheia. Nunca mais suportei lua cheia. Não digo que eu seja o único habitante da terra a não gostar de lua cheia, porque sei que neste mundo tem todo tipo de gente, e tudo é possível, portanto é provável que vários outros abatidos como eu não queiram jamais ver sequer uma nesga de um raio qualquer desse satélite que não tem outra coisa para fazer a não ser nos enviar sua luminosidade e perturbar o planeta com seus humores, marés e... lobisomens. Racionalmente, é evidente que sei que a responsável não é ela, mas é ela que detona a maldição que se encarnou no meu filho. Nessas horas, é bom ter algo bem concreto onde jogar nosso desespero. Em noite de lua cheia, fecho as janelas, puxo as cortinas, ligo o ar-condicionado e me concentro no meu filho e em sua tragédia, que também é a minha tragédia, a tragédia de Milva, a tragédia da Daphne, a tragédia da nossa família.

Minha filha me contou do pacto de sangue que fez com o irmão. Concordei. Assim eles não deixarão herdeiros de sangue nem legado; ela disse que planeja adotar filhos. João não mencionou o assunto comigo. Anda numa fase introspectiva. Acho que o encontro dele com o filho do tal Ruy Binklevís também teve um impacto grande sobre João.

Por coincidência, conheço o sujeito. Conheci-o em uma festa na casa do Catão de Abreu, e também já tinha visto notícias sobre ele na mídia, que lhe dá muito espaço. Acabei telefonando para o Catão para saber mais, com o pretexto de estar interessado em adquirir alguma obra dele. Catão não hesitou em abrir os podres do sujeito. Contou que Binklevís ficou multimilionário porque é um grandessíssimo de um oportunista, desses que não esperam o cavalo passar; vão atrás e o montam à força.

– A carreira e a fortuna dele têm sido feitas com vários e subsequentes golpes do baú. Casar com herdeiras ricas é o seu talento nato, e desde que se casou com a filha do dono da nossa maior rede de jornais assumiu o topo do topo do cenário artístico brasileiro. Mas o cara é um escroque. E um grosso. Não tem civilidade. É o terror das festas e reuniões. Ficar perto dele é se expor a perdigotos e ver sua voracidade inexplicável, o homem come de boca aberta misturando os salgadinhos com a bebida, enquanto conta sem parar suas bravatas. Outra mania indecente que ele tem é de ficar ajeitando o pinto na calça na frente de todo mundo. Todos riem constrangidos. Mas tudo acaba sendo desculpado e posto na conta das excentricidades de um artista rico, sabe como é.

– E filhos, ele tem? – perguntei.

– Acho que dois. Do primeiro ou segundo casamento, não do atual. O mais velho é conhecido como um predador no mercado. Ouvi dizer que ele está no ramo das franquias. Um pateta que se dá bem porque pressiona, suborna, chantageia, até o dia que a casa cair, você conhece o tipo. O outro ainda é jovem e não apareceu. Veremos quando ele debutar nos negócios.

Agradeci as informações e disse que ele havia de fato me convencido a desistir da compra de qualquer quadro desse cara lamentável.

Ele deu uma gargalhada:

– Foi minha boa ação do dia – disse.

Desliguei.

ELE

Depois do que aconteceu com meus amigos, fiquei muito atento. Não ia admitir que o garoto loiro entrasse outra vez na minha área. Minhas noites de lua cheia já não eram tão livres como antes. Agora eu sabia que havia outros correndo como eu e espreitando.

Passei a escutar os uivos deles. Abrindo caminho. Alertando. Exibindo-se. Uma noite cheguei a ver os três juntos, como uma quadrilha – uma alcateia, para ser preciso. Observei-os contra o vento, para que nenhuma lufada de ar levasse meu cheiro até eles. O maior não era o mais velho, o pai, era o primeiro filho. Anormalmente musculoso, cheiro que sobressaía dos outros, o tempo todo medindo forças com o velho. Uma tensão visível entre eles. E o mais novo, que parecia se opor tanto ao pai quanto ao irmão, tentando encontrar um espaço. Fracote, desajeitado, nervoso, olhado com desprezo pelos outros dois. Se ter um grupo significava aquela competição, eu não queria isso para mim.

Era irracional, instintivo, primário, o ódio que eu sentia deles. Era uma coisa física, uma vontade de avançar, de enfrentá-los, de pôr os três para correr. Mas eles não haviam entrado na minha área, e eu era um lobo sem alcateia. Consegui me controlar e comecei a me afastar. Nesse instante, ou porque me movimentei mais rápido, provocando um giro no ar, ou porque o vento havia mudado de direção, eles perceberam minha presença. Porém não me dei conta disso, concentrado que estava no esforço de me dominar e de me afastar. Eu não corria, apenas caminhava, me distanciando. Não captei o cheiro pestilento da família, que, se eu estivesse atento, teria sentido com toda a força. Abaixei a guarda.

Aprendi naquele dia que nunca se deve fazer isso entre lobos. Quando, em um átimo, o cheiro avassalador me fez estacar, eles já haviam me cercado. O filho mais velho arreganhando os dentes à frente, o pai e o mais novo atrás. Nem que eu soubesse como, teria conseguido me safar do ataque covarde, da pura selvageria deles. Levei uma surra que jamais tinha levado na vida e que espero nunca mais levar. Me deixaram estendido no chão, coberto pela baba e pelo mijo deles. Voltei me arrastando para casa, grunhindo de dor. Quando desmaiei na cama, meu último pensamento foi para minha mãe, de como ela ficaria preocupada quando me visse daquele jeito na manhã seguinte.

Mas aprendi outra coisa: que aquele tipo de surra não deixava marcas externas. Seu malefício era outro: interno, visceral, como um sinal de fogo latejando de forma permanente na boca do estômago.

Minha mãe, no outro dia, não percebeu nada.

A IRMÃ

As esquisitices do Lupi têm aumentado, e muitas coisas eu francamente não entendo. Espero que passem depois que ele fizer a sua escolha. Agora ele deu para dizer que vai ser médico. Até aí tudo bem, ótimo. Mas só que logo depois ele diz que vai embora para algum lugar bem distante, vai se embrenhar na mata, sumir.

– Uma coisa ou outra – eu lhe disse. – Ou você vai ser médico, ou vai se embrenhar na mata. As duas coisas não combinam.

– Então vou só me isolar na mata, porque na mata não vou poder fazer mal a ninguém.

– Para com isso, Lupi. Com dezoito anos, você vai voltar a ser normal. E vai poder ser médico, um médico normal.

– E se eu nunca voltar ao normal, Daphne?

– Depende só de você, não foi isso que a mamãe disse?

– Mas e se eu continuasse com os meus atributos e só fizesse coisas boas? Não seria legal?

Olhei bem para a cara dele.

– Você não está dizendo coisa com coisa, Lupi. Primeiro fala em se isolar na mata para não fazer mal a ninguém. Depois fala em só fazer coisas boas. Qual é?

– É fácil para você me criticar.

– Não estou criticando, só estou dizendo que parece que você está numa gangorra. Uma hora fala uma coisa e no minuto seguinte fala outra. E depois a mamãe já explicou que não existe lobisomem bonzinho.

– Mas quem disse que não pode existir? Já fiz muita coisa legal. Inclusive salvei você e suas amigas.

– Não precisa ficar se gabando, pois, pra início de conversa, foi você que nos levou até lá, já esqueceu? Não fez mais do que a sua obrigação nos salvando.

– Como você é mal-agradecida...

– E você, convencido demais pro meu gosto.

Mas, depois que ele saiu, me deu uma pena dele! Deve ser muito ruim e muito esquisito ter essa coisa o tempo todo pressionando você por dentro. Mesmo sabendo que vai passar, deve ficar uma dúvida: será que vai passar mesmo?

Crises

ELE

Quando cheguei em casa, entrei no meu quarto e, antes mesmo de ver o envelope na escrivaninha, eu soube. Nunca havia recebido uma carta antes, mas eu soube. Pelo cheiro, claro.

Ainda que meio enfraquecido, era o perfume da Sussu impregnando o ar que eu respirava naquele momento. Peguei meio trêmulo o envelope. A mesma letra caprichada com que escrevia em seus cadernos. O meu nome e, no remetente, o dela: Suzana Lombardi. Ergui o envelope até o nariz e o cheirei. Seu rosto, seu corpo, seu jeito, a voz, as lembranças, tudo me envolveu como lavas geladas de uma explosão interna.

Quando vi, estava enrodilhado na cama, o ponto específico onde fica o músculo chamado coração doendo como se estivesse em um torniquete. Não é possível que eu ainda a ame tanto assim!, pensei.

Todo aquele tempo expulsando-a de meus pensamentos, conseguindo um tipo de tranquilidade, tinha sido inútil? Toda aquela tristeza de tantos meses, inútil?

Olhei para o envelope e de súbito entendi que não podia abri-lo. Se lesse aquela carta, tudo seria como antes e eu não teria forças para evitar não correr como um doido de volta para ela.

Não! Eu não aguentaria passar por tudo aquilo outra vez.

E depois, minha Sussu não sabia o que estava fazendo. Como ela iria saber se estava escrevendo para mim ou para o lobo?

Não responderei. Que ela se esqueça de mim. Que me odeie. Será melhor para nós dois.

Envolvi o envelope em vários pulôveres para abafar seu perfume e o pus no fundo de uma gaveta que poucas vezes eu abria. Que a carta ficasse ali. Fechada. Até o dia que eu tivesse certeza de que poderia lê-la de cabeça fria, no controle, sem músculo doendo, sem fogo gelado na boca do estômago.

Saí de casa desesperado. Fui correr no bosque.

Mas dessa vez não adiantou muito.

Eu enfrentava um turbilhão que não conhecia direito. Era como se de repente eu visse quanta coisa estava perdendo, tudo a que precisava renunciar por eu já não ser apenas eu, mas outro também.

Voltei para o centro da cidade e, sem pensar no que fazia, entrei em um prédio, o mais alto, e subi até o último andar, onde havia uma torre de televisão. Vista assim de cima, em uma noite de estrelas, a cidade era extraordinária. Luzes brilhavam, marcando as avenidas, e nas janelas de alguns prédios. Entre mim e elas, um vácuo de sombras escuras.

Pensei nos milhões de pessoas que viviam ali, a maioria agora dormindo, algumas acordadas, muitas em seus trabalhos noturnos que faziam a cidade funcionar nas horas de vigília. Com certeza muitas dessas pessoas estariam perfeitamente tranquilas, felizes até – o mundo tem espaço para as pessoas felizes –, enquanto outras penavam com suas dores e aflições. Todas ali, vivendo. Enfrentando de alguma forma o que a vida lhes trazia.

E eu?

Quem estava ali, atraído pelo fundo buraco abaixo? Era eu ou ele?

Era eu, me respondi de repente, com profunda lucidez. Era eu, sim, eu, Lupicínio João Solano Trindade, era meu aquele corpo e minha aquela mente, e eu não deixaria ninguém, força alguma, nunca, jamais, assumir o controle da minha vida. Se esta maldita coisa estava pensando que poderia me dominar, ia ver só como estava equivocada.

Eu não deixaria.

Senti um alívio ali, olhando a cidade do alto. Eu não estava sozinho. Não era o único a sofrer. Faria como tantos outros: enfrentaria.

A IRMÃ

Lupi não quis ir comigo à festa da Meque. A primeira vez na vida que o vejo dispensando uma balada.

Anda bem mais quieto, o meu irmão. Passa horas lendo no quarto. Meus pais é que estão gostando dessa nova fase dele.

Será que vai durar?

ELE

Desde algum tempo, ando pesquisando sobre lobisomens.

Na internet tem muitas coisas, muita bobagem, muita maluquice. Estou gostando mais de ler as histórias nos livros. Em algumas, mesmo inventadas e contendo muitos erros sobre o que são realmente lobisomens, encontro coisas bem interessantes. Muitas vezes, quando falam dos nossos sentimentos, das nossas perturbações e sofrimentos, é como se eu encontrasse verdade nelas. E mergulho, me identifico, já não me sinto só. Estou ali dentro da história, vendo aquilo tudo acontecer, tomando partido, torcendo. Minha mente viaja e, quando termino, é como se tivesse acompanhado de perto aquelas vidas, me emocionado e aprendido com elas.

E não é apenas sobre lobisomens que ando aprendendo. É também sobre muitas outras coisas da vida e do mundo. Parece que estou tirando uma viseira que estava limitando minha visão. Como a dos cavalos.

Meus pais têm muitos livros. E minha mãe, claro, muitos romances e histórias sobre lobisomens e vampiros, essas maldições de uma família. Sempre teve, eu é que nunca havia prestado atenção. Quando ela notou meu interesse, começou a me passar os livros de que mais gosta. Às vezes, depois de ler algum que me tocou mais fundo, vou conversar com ela.

Dona Milva é quem mais entende o que estou vivendo. É a única com quem posso conversar. E, como é natural, muitas vezes voltamos à vida do meu avô em nossas conversas. Tem uns lances bizarros na história dele.

Ele nunca foi de viajar muito, a não ser a trabalho – minha mãe me contou –, mas uma vez foi a Montenegro, na Europa, e de lá trouxe uma armadura antiga. Mandou montá-la em seu escritório e dizia que ela havia pertencido ao duque Victor, um lendário guerreiro sérvio que lutava apenas à noite, aproveitando as sombras noturnas e os raios da lua. Tinha poderes sobrenaturais e baixava das montanhas no escuro sobre os vilarejos dos seus inimigos. Quer dizer, o cara devia ser lobisomem.

Depois que ele morreu, sua lenda se espalhou e seus inimigos proibiram que se falasse sobre ele e que seu nome fosse até mesmo pronunciado. Acreditavam que as histórias sobre seus feitos e as lendas que iam sendo criadas alimentavam esperanças de libertação das tribos que eles dominavam.

Minha mãe era pequena e tinha pavor da armadura. Ao mesmo tempo, também ficava fascinada por ela, e toda vez que entrava no escritório do pai seu olhar era atraído pelo que ela chamava de "estrupício" montado perto da grande estante. A luz reluzia nas placas de metal e, embora a armadura não estivesse completa – faltavam a perna esquerda, o elmo e a manopla direita –, minha mãe tinha a impressão de que havia uma figura humana lá dentro, e que ela logo começaria a caminhar, mancando, pela casa.

Rimos e ela comentou:

– Ah, a cabeça das crianças... Mais tarde, já mocinha, perdi o medo, mas ficava imaginando que horror seria estar dentro de uma coisa tão pesada e desajeitada como aquela, em plena batalha.

Passei a sentir vergonha dessa peça cafona no meio do escritório de papai, e por causa disso, quando minhas amigas iam em casa, eu nunca as levava ao escritório.

Rimos outra vez e eu disse:

– Ah, a cabeça dos adolescentes...

Mais tarde, quando ela soube da verdade sobre o meu avô e entendeu o que a armadura significava para ele, passou a odiá-la. Quando ele morreu, a primeira coisa que ela fez foi doá-la a um museu.

Eu me lembro bem dessa armadura, mas, ao contrário de minha mãe, sempre quis entrar nela. Queria já ser grande o suficiente para tentar. Nas poucas vezes em que visitamos nosso avô, Daph e eu nos enfiávamos naquele escritório sombrio parecido com uma caverna. Estantes altas com os livros encadernados, quietos, como que abandonados e sem vida. Enfeites bizarros e a um canto a armadura prateada. A única coisa de que eu gostava na casa do meu avô era daquela armadura.

Sabendo de tudo agora, acho curioso.

Fui perguntar para a minha irmã:

– Ei, Daph, você se lembra da armadura enorme toda prateada que tinha no escritório do nosso avô?

– Armadura?

– É. Uma armadura medieval. Dessas que os guerreiros usavam antigamente nas batalhas.

– Naquele escritório onde tinha uma cadeira estofada cheia de mantas e uma caveira branca na escrivaninha e aquele monte de coisas que a gente nem sabia bem o que era?

– Isso mesmo.

Ela pensou um pouco.

– Eu me lembro, sim, daquela armadura. O que tem ela?

– Você tinha medo dela?

– Não. Não que eu me lembre. Eu pensava que era um boneco estranho, gigante, sem cabeça e sem uma perna. Ela não era manca, Lupi?

– Era. Mas você nunca teve... assim... um certo fascínio por ela?

– Não. O que eu gostava mesmo dali era do baú que ele usava como mesinha e que ele deixava a gente abrir e mexer nas bugigangas todas que tinha lá dentro, lembra? Eu achava que era como um baú do tesouro.

– Também me lembro dele, mas do que eu gostava mesmo era da armadura.

– E aquelas cabeças tatuadas, Lupi? Umas que ficavam lá em cima na estante, dentro de uns vidros. Tinham um cabelo comprido espetado, pavoroso, e borrões no rosto. Dessas, sim, eu tinha pavor.

– É mesmo, eu tinha me esquecido dessas cabeças! Eram duas. Eu achava que eram um homem e uma mulher.

– E você lembra aquele dia que subiu na escadinha e pegou um dos vidros?...

– E tentei dar pra você...

– Mas aí eu dei o maior berro quando vi aquela cara de perto...

– E a dona Milva entrou correndo...

– Acho que foi uma das maiores broncas que a gente levou.

– Quase deixei o vidro cair e fiquei furioso com você. Se não fosse o seu berro, não teria acontecido nada.

Eu ria me lembrando da cena, que agora estava vívida na minha cabeça, mas Daphne apenas sorriu de leve.

– Por que essas lembranças, Lupi? – ela me perguntou. – Você estava pensando no vovô?

– Estava pensando sim. Afinal, eu sou o que eu sou porque ele foi o que foi.

– Não fique encucado, Lupi. Ele foi ele, você é você. Vocês dois são completamente diferentes.

Continuamos conversando sobre nosso avô e as coisas da casa dele. Mas acontece que a minha irmã não entende que para ela é muito fácil falar, mas que para mim é tudo muito difícil. Inquietante, assustador.

Sim, eu sou diferente do meu avô. Mas também sou semelhante.

Até que ponto um, até que ponto outro?

E a minha irmã vem me dizer para eu não encucar!

O PAI

Fico no meu canto observando o João. Milva está preocupada, mas o que eu vejo é nosso filho amadurecendo tanto física como mentalmente. Está encorpando, e está mais reflexivo. Perdeu o jeitão extrovertido e ficou mais calado. Vem procurando um novo equilíbrio. Quando essa fase tiver passado, ele será um Lupicínio João adulto.

ELE

Ontem o pessoal veio fazer o trabalho de física aqui em casa.

"Fazer o trabalho" é maneira de falar. Na verdade, eles ficaram tocando ou jogando no computador enquanto eu fazia tudo. Mas não me importo. Sou bonzinho? Talvez sim, talvez não.

Seja como for, acho melhor fazer logo tudo sozinho. Depois eles ficam me devendo essa. Por enquanto não preciso, mas no futuro, quando eu deixar de ser lobisomem, quem sabe?

Além disso, acho muito bom ser tratado com essa admiração toda. Pra ser sincero, é ótimo. E, de qualquer maneira, eles são meus amigos, gosto deles e eles gostam de mim. Assunto encerrado.

Teve uma hora lá que o Bê me perguntou:

– E a Su, Lupi? Ainda está com ela na cabeça?

Fui meio grosso com ele. Não quero ninguém se intrometendo na minha vida.

– E isso é da sua conta, cara?

Mas aí o Biano explicou o motivo da pergunta:

– É que agora é ele que está vivendo uma paixão aguda, Lupi. Você não percebeu como esse coitado anda sumido? Só quer ficar perto da Diana.

Foi a gozação geral de sempre. Só besteira. Às vezes até duvido do Q.I. desses meus amigos, sinceramente.

O Bê é cuca fresca e não deu a mínima. Começou a cantar uma musiquinha que está compondo. Achei legal. A batida é boa e tem um verso tipo "Meu coração pulsa com o *ringtone* dela" que deu uma grande polêmica. Ninguém gostou, mas eu gostei. Por que não dizer, se deve ser a pura verdade?

Ainda bem que nenhum deles tocou no assunto "música da Su". Depois que terminamos, proibi os caras até de assobiar a música.

Peguei a guitarra e comecei a mostrar a eles o que eu estava compondo. É um som cuja intenção é ser dançante e divertido:

> *Licantropo, misantropo, filantropo*
> *Eu sou.*

Hipantropo? Não!
Parantropo? Não!
Tampouco elefantropo.
Sem ser zopo, meu escopo é estar no topo.
Licantropoooooo!

Imediatamente eles entraram no ritmo e, sem entender patavina, acompanharam meu *rock* lupino.

Quando minha mãe chegou, estávamos no auge. Eu me deliciava, cantando bem alto: "Licantropo, eu soooooouuu!".

Não sei se ela prestou atenção na letra. Abriu a porta, a gente parou e ela disse:

– Os senhores não estão proibidos de tocar no quarto?

Desde o dia que desisti da banda, nunca mais reuni o grupo na garagem.

– Certo, dona Milva. Foi a empolgação da hora. Já estamos a caminho do nosso "estúdio privado".

A MÃE

Fico contente em ver que João voltou para a banda. Acho que faz bem a ele. Música sempre faz bem. Conseguir se expressar sempre faz bem. E ele andava muito inquieto e triste. Daphne me falou que era por causa da Suzana, a namorada que viajou. A do rostinho de porcelana. João achou que devia terminar o namoro, Daphne me contou, não porque ela viajou, e sim porque ele está cheio de dúvidas sobre quem ele é, o que vai fazer, como vai ser até os dezoito anos. Posso imaginar seu sofrimento; deve ser enorme.

O PAI

Assim que cheguei em casa, vi que o João estava me rodeando, procurando o momento para falar alguma coisa. Dava para adivinhar o que era e o chamei.

– O que foi, filho? Pode falar que estou escutando.

– Não é nada não, pai. Deixa pra lá.

– É sobre a notícia que saiu nos jornais, não é? Sobre aquele pintor e sua família?

– Você viu?

– Vi, claro. E depois conversei com aquele meu amigo que é bem informado sobre a história dele. E é verdade. A Polícia Federal montou uma operação que há tempos vinha investigando as falcatruas do filho mais velho e já estava preparando a prisão do filho e do pai. De alguma forma, eles ficaram sabendo e fugiram antes da polícia chegar. O jornal da família da esposa não deu uma linha, claro, mas os outros deram. Suas relações não conseguiram abafar o caso.

– Todos fugiram?

– Todos. Menos a esposa.

– E agora, o que vai acontecer com eles?

– Por enquanto, não dá para saber, filho. Mas suponho que não conseguirão ir muito longe. Você está preocupado com isso?

– Não, pai – ele me disse, e riu. – Estou achando é ótimo.

A IRMÃ

Abri a geladeira, peguei um pote de sorvete e duas taças.

Bati na porta do quarto do meu irmão:

– Quer sorvete crocante de café, Lupi?

– Não! – ele gritou lá de dentro, sem me convidar para entrar nem abrir a porta.

– Não mesmo? – insisti.

– Não enche!

Fui tomar meu sorvete sozinha na mesa da cozinha.

ELE

Não ando muito bem. É como se só aos poucos eu fosse verdadeiramente entendendo todas as implicações do que está acontecendo comigo.

Depois que a família Binklevís saiu do mapa, passei um bom tempo sem sentir nenhuma presença de semelhantes no meu pedaço. Até ontem à noite.

Não consegui ver nada, cheirar ninguém, mas em determinado momento senti que estava sendo observado, e não apenas por um só. Corri como o selvagem que também sou e consegui despistar sabe lá quem – se é que estavam mesmo me seguindo. Mas uivei pouco à noite; não queria atraí-los. Foi uma pena, porque a lua cheia estava muito magnética. Como passei a noite com essa sensação de estar sendo perseguido, não pude desfrutar de nada. Nem da corrida, nem dos uivos, nem desse contato primitivo com a natureza, que é a parte de que eu mais gosto dessas minhas noites como lobisomem.

Ontem não gostei nem um pouco. Pela primeira vez, acho, tive uma noite ruim, me senti como um animal caçado. Será que vai acontecer outra vez?

Será que o perigo de que minha mãe tem tanto medo é esse? Será que posso morrer no bosque? Nunca havia pensado nisso. Morto por um semelhante meu?

Mas não posso lhe perguntar essas coisas, ela já tem preocupações demais. Nem a meu pai, que não entende nada do assunto, e também sei lá qual poderia ser a reação dele. São coisas que preciso enfrentar sozinho.

O PAI

Como o João foi parar no hospital, até agora não entendi direito. E nem sei se quero entender. O pessoal do pronto-socorro disse que o encontraram na porta. Que alguém deve tê-lo levado para lá, mas ninguém viu quem foi.

Quando nos avisaram, eu estava na sala, na minha vigília que se tornou rotina nas noites de lua cheia. O dia havia amanhecido e João ainda não tinha voltado. Milva e eu estávamos sentados lado a lado, sem saber o que fazer, e foi ela quem correu para atender ao telefone ao primeiro toque.

– Ele está no pronto-socorro – disse, branca.

Peguei a chave do carro e saímos sem dizer uma palavra.

Enquanto eu dirigia até lá, uma única frase martelava na minha cabeça: "Eu sabia que isso ia acontecer um dia, eu sabia".

Na recepção, nos olharam como se fôssemos dois alienígenas, com ar de espanto e incompreensão, mas não nos disseram nada. Passamos pela recepção e fomos para a sala que nos indicaram. Lembro que me sentei numa cadeira, enfiei a cabeça nas mãos e pensei: "João morreu". Olhei para Milva, paralisada ao meu lado.

Levantei decidido a fazer um escândalo para ver imediatamente meu filho. Nesse instante, entraram na sala um homem que se apresentou como o diretor do hospital, acompanhado de dois médicos. O diretor disse:

– O filho de vocês está bem. Não se preocupem. Hoje, por volta das cinco da manhã, um jovem foi encontrado nos fundos do hospital, parecia em estado grave. Tudo indicava que ele tinha sido vítima de atropelamento. No entanto, antes mesmo que todos os exames e os procedimentos pudessem começar a ser feitos, vimos que o garoto já estava praticamente bom.

– Não entendi – eu disse.

– Nem nós. Aparentemente houve um erro de diagnóstico dos profissionais que o atenderam e o examinaram. Estamos averiguando isso. A descrição do jovem que deu entrada no pronto-socorro não coincide em quase nada com a descrição do filho de vocês. O jovem descrito no prontuário de entrada não é o mesmo jovem que estava na maca quando ela foi levada para a sala de exames. Como isso foi acontecer no nosso hospital, essa troca... ainda é inexplicável para nós. Será preciso investigar a fundo o que se passou.

– Meu filho está bem? – Milva parecia não acreditar.

– Perfeitamente bem, minha senhora. Mas antes permita-me perguntar: os senhores podem, de alguma maneira, me explicar o que o seu filho perfeitamente são estava fazendo deitado em uma maca do meu hospital?

Ele só não estava mais furioso porque ainda não entendera o que tinha acontecido.

– Vocês não perguntaram a ele? – falei.

– Ele disse que não se lembra. Que acordou na maca.

– Será amnésia, então?

– Não. Ele não está com amnésia. E permita-me perguntar, senhores: isso já aconteceu alguma outra vez? Ele por acaso é dado a esse tipo esdrúxulo de brincadeira?

– Não, absolutamente. Jamais aconteceu nada parecido antes. Lupicínio João não faria uma brincadeira dessas.

– Mas os senhores hão de convir que a explicação mais razoável para esse tipo de situação é que ela tenha sido armada, por algum motivo que desconhecemos, pelo seu filho e algum cúmplice.

– Considero essa suposição uma grande ofensa, doutor – eu disse, na verdade nem um pouco ofendido, e sim bastante aliviado e quase eufórico.

Eu sabia que não era nenhuma armação do João, mas tampouco tinha a menor ideia do que poderia ser, apenas a intuição de que podia ter algo a ver com a maldição de nossa família. Olhei para Milva e vi que ela, sim, parecia saber. E que a única coisa que queria era sair o mais rápido dali. Fez um gesto pra mim, e entendi.

– De qualquer maneira, senhor diretor, compreendo sua preocupação e estamos disponíveis para ajudá-lo em sua investigação, no que for possível. Mas, antes de mais nada, precisamos conversar com nosso filho, por favor.

– Muito bem. Seu filho os espera na recepção.

De fato, João estava perfeitamente bem. E nada lhe perguntamos ali naquele momento.

Demos nele o abraço apertado que precisávamos lhe dar depois daquelas horas de angústia e fomos para casa. Lá ele nos contou.

– Por motivos óbvios, eu disse aos médicos que não me lembrava de nada, mas me lembro de tudo – começou João. – Fui mesmo atropelado por um carro que apareceu na rua em alta velocidade depois de uma curva. Não sei se ele foi o culpado ou se fui eu. A rua estava deserta quando comecei a atravessá-la, mas um milésimo de segundo depois os faróis de um carro já estavam praticamente em cima de mim. O motorista não parou para me socorrer e eu fui praticamente me arrastando para o hospital, que ficava ali perto. Isso veio a confirmar uma coisa que talvez você saiba, mamãe. O que me acontece quando estou na forma de lobisomem desaparece junto com a lua cheia. Eu já tinha percebido isso e agora confirmei.

Milva assentiu:

– Sim, eu sabia disso. Na forma de lobisomem, os ferimentos só poderiam causar sua morte enquanto a lua estivesse no céu, ou seja, enquanto você ainda fosse lobisomem. E o contrário também: se um dia você estiver gravemente enfermo, quando se transformar em lobisomem na noite de lua cheia, não terá mais nada. Só depois que voltar a ser homem é que vai readquirir suas enfermidades de homem.

Faz sentido, pensei.

Mas de certa forma fiquei mais preocupado.

Naquela noite, conversando a sós com Milva em nosso quarto, perguntei:

– Se você sabia disso, querida, por que fica tão assustada quando entra no quarto para pegar as roupas do João depois das noites de lua dele?

Ela ergueu os olhos para mim, e de repente eu entendi.

– O sangue que você procura não é o dele...

– Não – ela confirmou num sussurro quase inaudível.

Tempo de tentações

A IRMÃ

Meus pais tinham saído e estávamos só nós dois em casa, eu na sala vendo televisão, quando Lupi me disse:

– Rubão e eu vamos passar uma semana em Nova York. Se você estiver a fim de ir, maninha, posso arrumar uma passagem para você e uma amiga.

– *Arrumar* uma passagem? Como assim?

– É um esquema que eu descobri. Não custa nada.

Baixei o som da TV

– João, o que você está planejando? Vai *roubar* as passagens?

– Não, Daphne, não é roubo. É um esquema, é diferente.

– Que esquema?

– Não dá pra te contar. – E deu o risinho que agora ele andava dando e tinha aprendido não sei onde. – Recompensa pela minha esperteza, digamos assim.

– Como não dá pra contar?

– Não dá. É só você dizer se quer ou não.

– E como você vai explicar isso pro pai e pra mãe?

– Vou dizer que foi um prêmio.

– Vai mentir assim na caradura?

– Ah, Daphne, uma mentirinha de vez em quando não faz mal a ninguém.

– Mas essa não é uma mentira tão pequena, João. Quatro passagens conseguidas num esquema!

– Não esquenta, mana. Tem dois tipos de mentira: as que fazem mal e as que não fazem. E essa não faz, portanto não conta.

– Não estou gostando disso, João.

– Bom. Você é que sabe. Quer ou não quer?

– Não, eu não quero me meter nisso, não.

– Tudo bem. Mas não vá contar nada pros velhos, hein?

– Não sou dedo-duro, seu tapado. Mas você acha que eles vão cair nessa história de prêmio? Prêmio do quê?

– Deixa comigo que eu me viro. Quero viajar e aproveitar um pouco antes dos meus dezoito anos. Não vai fazer mal nenhum.

– E você sabe se o papai e a mamãe vão deixar você ir?

– Por que não deixariam? Vamos ficar na casa de um tio do Rubão que mora lá. Você sabe que os velhos gostam do Rubão. E não vai ser na semana da lua cheia, não vai ter problema.

Ele já ia saindo, quando eu falei:

– Isso não está certo, Lupi. Veja bem onde você está se metendo!

Fiquei preocupada. João anda cheio de novidades desse tipo. Querendo aproveitar, ele diz, se divertir, antes de tudo acabar. Aquele desejo dele de fazer coisas boas parece ter passado. E agora sobra para mim: como alertar meus pais sem dedurar meu irmão?

A MÃE

Conrado ficou feliz com o prêmio da viagem que o João ganhou. No primeiro momento, eu também fiquei, mas agora não estou mais.

A Daphne veio me dizer:

– Mãezinha, conversa com o Lupi. Acho que ele está precisando de um bom papo.

– Sobre o quê, filha? – perguntei.

– Sobre as coisas, mãe. O que é certo, o que é errado... por que o errado não é certo... Esse tipo de conversa.

– O que aconteceu, Daphne?

– Nada, mãe, mas o Lupi tem sofrido tentações de todos os lados, não é? Deve ser difícil pra ele.

Tive certeza de que ela sabia de alguma coisa, mas não queria me contar. Daphne perguntou:

– É verdade mesmo que a escolha que ele vai fazer quando tiver dezoito anos só depende dele?

Tive um grande desejo de contar toda a verdade para ela, a minha filha parece tão madura, é tão amiga do irmão... Mas não tive coragem. Não menti, mas não tive coragem de dizer tudo.

– Sim, filha, só depende dele. Seu irmão vai ter essa chance.

E ficamos as duas engasgadas ali. Ela, pela lealdade ao irmão. Eu, pelo temor de lhe tirar a esperança.

Mas entendi perfeitamente o que ela quis me dizer, que era o que eu também temia. Lupi está percebendo a extensão do seu poder, e está gostando.

ELE

Que semana, essa em Nova York! Jamais vou esquecer.

Meu plano agora é voltar para lá depois da faculdade. Fiquei besta, besta com a cidade. E... bom, teve aquele lance.

Foi no quarto dia, no *show* de *rock* de uma banda americana da moda. Não foi fácil entrar, tivemos que ficar horas acampados na fila da bilheteria, e só depois, por sorte, conseguimos os ingressos. Quando os músicos subiram no palco e eu bati o olho no guitarrista, eu soube na hora. O cabelo, o jeito, o cheiro dele. Não fiz nada. Fiquei na minha, eletrizado pelo que ele fazia com a guitarra. Quando o *show* acabou, saí de lá ainda meio aturdido, puxado pelo Rubão.

Fomos caminhando devagar em direção ao metrô, quando um carrão preto, uma dessas limusines que a gente vê por lá, parou ao nosso lado. Primeiro eu vi a mão de alguém abrindo a porta e em seguida ouvi a voz do cara dizendo: "*Come in*". Era o guitarrista. Meu impulso de dar um salto e entrar imediatamente naquele carro foi uma coisa física. Nunca senti tanta vontade de fazer uma coisa. Não sei como consegui me controlar e apenas me abaixei um pouco para ver melhor dentro do carro.

Ao lado do guitarrista, duas garotas loiras, indiscutivelmente americanas, sorriam pra mim, lânguidas, sem segredos. Até o estofado branco do assento parecia sorrir para mim. Todos e tudo ali queriam que eu entrasse, o ar que saía de lá e me enchia os pulmões queria que eu entrasse. Reparei no pelo grosso na mão do cara, que ainda segurava a porta, e na manga comprida de sua camisa de seda branca. Um pelo grosso e encaracolado, exatamente igual ao meu.

Em um segundo, eu soube que, se eu entrasse ali, eu daria um salto muito maior do que se estivesse simplesmente entrando em um carro para dar uma volta. Não seria uma volta. Seria mais algo sem volta.

O que eu senti foi quase irrefreável, irracional.

Quase.

Sem querer, absolutamente sem querer, recuei. Disse como se não fosse eu quem dissesse: *Sorry*.

O guitarrista me olhou, as garotas me olharam. Seis olhos em cima de mim, mas só os dele contavam, fundos, negros, surpresos-decepcionados-debochados.

Então a porta se fechou e eu escutei o barulho do motor.

– O que foi isso? – a voz de Rubão soou embasbacada bem atrás de mim.

Não respondi, e ele, mesmo atônito, felizmente não insistiu.

Comecei a suar e a tremer pela força do que tinha feito. Pela primeira vez tive a noção exata do perigo da minha situação e do alerta dos meus pais. Continuamos nossa caminhada para o metrô.

Passei a noite pensando no roqueiro. Uma vontade insana de ser como ele. Famoso, rico, garotas americanas sentadas ao meu lado na minha limusine. Ou garotas brasileiras, ou garotas europeias, garotas africanas... garotas enfim. Não importava de onde as garotas seriam. Garotas, e eu lá no meio, abrindo a porta para o Rubão entrar. Ou outro amigo. Todos embasbacados comigo. Me olhando com uma admiração e uma inveja que latejavam, sei como é. E eu lá, generoso, convidando-os para entrar. Já que eu não poderia ter a Sussu, essa talvez fosse a melhor vida disponível para um lobisomem.

Fiquei deitado pensando nisso, até ver a cara meio enevoada dos meus pais me olhando de longe. Minha mãe, morta de preocupação, ligando para o meu celular ("Filho, o que está acontecendo com você?") e meu pai recusando-se a falar comigo. Minha irmã... sei lá onde estaria a minha irmã. Enfim, um balde de água gelada despejado em cima de mim. Merda! Tampouco essa vida poderia ser a minha.

Ainda bem que não vi outro lobisomem em Nova York. Se tivesse visto, e se tivesse sido convidado para alguma coisa outra vez, não sei se eu iria resistir.

Foi depois dessa viagem que conheci Nicole. E agora não quero ninguém a não ser Nicole.

Nicole, Nicol, Niqui.

Durmo pensando em Nicole, acordo pensando em Nicole. Branquinha, olhos meio puxados, boca vermelha de batom. Conhece todo mundo, adora festas, estar com ela é estar o tempo todo agitando.

Problemas: Nicole não é a Sussu. Além disso, gruda demais em mim, é curiosa demais, esperta. Resultado: descobriu.

Mas não se assustou, não se abalou, não fez escândalo. De certa forma, parece até que gostou.

– Então é isso, eu sabia! – disse. – Eu sabia que você era diferente, que não era apenas mais um garoto tolo.

Confesso que eu é que fiquei surpreso com a reação dela. Nicole pediu que eu contasse com detalhes o que era capaz de fazer, e a cada atributo que eu revelava ela ficava mais entusiasmada, olhos brilhando; batia palmas e dizia:

– Sensacional, Lupi, sensacional!

Lembrei das garotas em volta do roqueiro de Nova York. "Será que elas sabiam quem ele era?", pensei. Sempre achei que, se alguém soubesse, fugiria de mim. Que todos iriam me desprezar e me evitar.

Um choque bom constatar que nem todos poderiam ter a mesma reação angustiada da minha família. Foi o que mais me perturbou – saber que meu segredo revelado poderia provocar também admiração, e não só rejeição, nas outras pessoas que faziam parte do meu dia a dia. Será que eu tinha me equivocado em relação a Suzana? Será que alguém poderia *mesmo* gostar de um lobisomem?

Claro que há muito tempo não sou nenhum inocente, e que agora desfruto da atração que meus atributos provocam nas pessoas. Minha popularidade, meu sucesso como DJ e na música, minha condição de melhor goleiro da escola, as garotas sempre em cima de mim, a maneira fácil como resolvo as coisas, os presentinhos que de vez em quando dou a um e outro, ou a mim mesmo, a generosidade com que presto favores a quem me pede, tudo isso me transforma em um polo de atração, eu sei. Não sou ingênuo. Mas sempre pensei que a maioria dos meus amigos, sobretudo as garotas – talvez eu idealize as garotas – condenariam meus métodos, e não achariam nenhuma graça em eu ser quem era. Não tinha sido só pelo que meus pais diziam que eu jamais havia contado a ninguém o meu segredo, mas porque eu tinha a certeza de que contar significaria *perder* a admiração e os amigos, e não *ganhar*. Talvez a história do meu avô com a minha avó tenha me servido de alerta e me traumatizado um pouco.

Nicole reverteu isso. Até do meu cheiro forte nas noites de lua cheia ela gosta. Gosta dos pelos grossos encaracolados que cobrem meu corpo. Ela diz:

– Você é o máximo, Lupi! Você é poderoso! Vamos fazer mil coisas juntos!

Por isso achei melhor não contar a ela sobre o que acontecerá quando eu fizer dezoito anos. E não contei a minha mãe sobre Nicole. Basta minha irmã, que já tem uma antipatia gratuita por ela. E vice-versa. Nicole também não perde a ocasião de dizer que a Daphne é certinha demais, arrumadinha demais, arrogantezinha demais.

– A sua irmã vive se achando, hein, Lupi? Aposto que ela não gosta de você ser quem você é, gosta?

– Vamos deixar a minha irmã pra lá, Niqui.

– Hummm. Não está mais aqui quem falou, Lupi-Lupi, meu lobisominho lindo.

E é assim com Nicole. A única pessoa que posso dizer que me aceita completamente como eu sou. A única que já me viu. E se diverte com tudo que sou capaz de fazer. Nas noites de lua cheia, quando o primeiro clarão começa a me atiçar, é pura excitação e adrenalina que vejo nos olhos dela ali à minha frente, sem medo, sem susto, sem questionamentos. E eu a agarro e levo comigo, na velocidade em que corro e que sempre a assombra. E depois fazemos outras coisas que eu nunca sei de fato se quero ou não. Pequenas ações ilícitas: arrombar uma loja e pegar um vestido novo para ela, assustar alguém, pegar um carro e sair por aí, bobagens assim. Na hora é divertido, rimos, deliciados com os meus poderes.

Depois, não. Acordo com uma sensação ruim. A sensação de ter cometido um erro. A sensação de não ser como deveria ser. De estar pisando em algum lugar obscuro que pode me tragar para o fundo. E essa sensação de ser tragado me apavora. Mas digo a mim mesmo que enquanto eu estiver mantendo o controle, tudo bem. Que é isso que não posso perder: o controle. Ir até o limite e parar na beira. Não ultrapassá-lo. Até os dezoito anos.

De qualquer maneira, já decidi: não vou mais levar Niqui comigo nas noites de lua cheia.

Nem que seja também porque em minhas noites de lua cheia o cheiro do sangue dela é tentação demais. Desnecessária. Preciso me manter longe do cheiro humano – e não devo abrir nenhuma exceção. Menos ainda para ela.

A MÃE

Ontem João chegou e foi se sentar comigo no sofá. Ficou ali ao meu lado sem dizer nada, desajeitado, só me abraçou apertado como há muito não fazia. Ficamos abraçados por um bom tempo, depois ele deitou a cabeça no meu colo e dormiu.

Como está bonito o meu filho. Belo e forte.

Meus olhos se encheram de lágrimas e impotência. Tudo está nas mãos dele, eu não posso fazer nada.

ELE

Fomos acampar na praia um fim de semana. Nicole, eu e a turma. Na primeira noite, acendemos nossa fogueira assim que escureceu, debaixo das estrelas e da lua minguante. Niqui, de biquíni a meu lado, e seu cheiro agridoce aveludado. A pele lisa como a flor-d'água. Minha linda e maluca Niqui-Niqui. Aconchego, foguinho ainda sem força estalando macio, as ondas do mar, o ventinho agradável, ssshh-ssshh, e eu pensando: tudo ótimo, obrigado, mas por que será que não sinto pela Nicole o que eu sentia pela Sussu? Será que nunca vou me apaixonar de novo?

Os ruídos e os cheiros que vinham do mar, boa parte deles desconhecidos para mim, difíceis de distinguir: fortes, mas não agressivos, cheiro de profundezas, maresia, água, sal, mistério. Pensei que seria legal passar uma das minhas noites de lua cheia numa praia, captando esses cheiros, entendendo-os melhor, descobrindo-os. Preciso ampliar meu mundo, pensei. Não me contentar só com o que já conheço. E um desejo enorme de me aventurar por lugares diferentes foi se instalando em mim.

Eu nesse semidevaneio, e de repente o clima foi mudando, o cheiro ao redor se impregnando de outra coisa.

Tensão.

Voltei a atenção para a turma.

O que aconteceu foi que o Bê e o Cadu tinham pegado uma trilha um pouco antes de anoitecer. A trilha dava para um trecho que avança pela encosta do morro coberto por fragmentos de floresta da Mata Atlântica. A intenção deles era entrar só um pouco na trilha, enquanto ainda havia luz. Iriam pertinho, disseram, e logo voltariam.

Não voltaram.

A inquietação da turma encobriu o cheiro de Niqui. A tensão não vinha dela, que continuava, a esse respeito, tranquilíssima como sempre; vinha dos outros. Dri, a namorada do Bê, não parava de andar de um lado para o outro na beira da trilha repetindo: "Aconteceu alguma coisa para eles ainda não terem voltado, só pode ter acontecido, olha só a escuridão...". O clima todo-aconchego da fogueira havia se evaporado.

Não gosto de me expor muito quando estou com as pessoas, mas o desconforto foi crescendo de tal forma que em dado momento eu levantei e disse:

– Vou procurá-los.

A turma olhou para mim com cara de espanto.

– Melhor a gente ir até a cidade, Lupi, e chamar o resgate – Biano disse. – Como é que você vai entrar no breu dessa mata que não conhece?

– Meu senso de direção é muito bom. Deixem comigo.

E corri, entrando logo na trilha para evitar mais discussão, ouvindo atrás de mim a voz esganiçada da Dri:

– Mas você nem pegou a lanterna! Volte aqui e pegue esta lanterna!

Sumi deles. Segui.

Quando penetrei mais fundo no fulgor negro da mata, seu respirar, aproveitei para uivar um pouco: estava doido para uivar naquela natureza escura. E logo descobri o Bê e o Cadu agachados atrás de um tronco, pensando na morte, acho, e tremendo com os uivos que haviam escutado e que seriam o ponto alto do que iriam contar mais tarde ao redor da fogueira. Vi-os de longe e cheguei de mansinho. Meu único problema era como fazer pra voltar com aqueles dois sem deixar que meus olhos brilhassem de maneira anormal na escuridão.

Estavam tão apavorados que não questionaram nada: nem como eu havia chegado até lá, nem como os conduzi de volta, na frente, sem voltar meu rosto para trás.

Quando chegamos, o pessoal veio me felicitar, embasbacado.

– Por sorte não estava tão escuro assim e eles estavam perto – eu disse.

Voltei para me sentar ao lado da Niqui.

Ela passou os braços em volta do meu pescoço.

– Fiquei pensando comigo mesma – ela disse. – Você deveria cobrar por isso.

– Cobrar, Niqui?

– Claro. Você salvou esses dois babacas de um pesadelo noturno. O pai do Bê é multimilionário, sabia?

Fiquei espantado ao ver como funciona a cabeça dessa maluquinha, minha Niqui-Niqui.

Talvez seja por isso que não me apaixono por ela.

A IRMÃ

Quando fui me deitar, essa noite, passei pela porta fechada do quarto do João. Silêncio absoluto. Nenhum som, nada da música que ele gosta de escutar ou ficar tocando até tarde.

Não era noite da lua dele, mas senti um frio intenso de medo.

Abri a porta sem bater. O quarto estava escuro e custei a ver seu vulto de pé perto da janela, olhando a noite. Ele nem sequer virou a cabeça, apenas disse:

– Cai fora.

Pela primeira vez, senti medo do meu irmão. Demorei para dormir.

Mas na manhã seguinte, na hora do café, ele estava outra vez o João de sempre. Animado, brincalhão, meu irmão amado.

ELE

É cada vez mais forte o perfume do sangue humano abafado pela pele. Por mais inebriante que seja, é o cheiro que devo temer. É o limite que não posso transpor.

O PAI

Tive que agradecer, e muito, a ajuda do meu filho. Foi extraordinário o que aconteceu. Eu, que sempre me gabei de nunca me deixar envolver por propostas ambíguas, estive prestes a aceitar uma. A sorte foi meu filho, por um acaso feliz, ter passado pelo escritório. De vez em quando, agora, ele passa por lá. Diz que está quase se decidindo por medicina, mas ainda quer conhecer melhor o que eu faço. Foi assim que ele conheceu Amadeus. Tínhamos justamente acabado de acertar os últimos detalhes do contrato da construção de uma grande obra, da qual meu escritório de engenharia seria o responsável. João chegou, eu o apresentei, Amadeus conversou um pouco conosco, depois foi embora.

Imediatamente, João disse:

– Pai, não assine esse contrato.

– Como assim, filho? O que foi?

– O cheiro dele, pai, os modos. Ele não é lobisomem, mas é ligado a alguma alcateia. Não dá para confiar em nenhuma proposta dele.

Amadeus havia me procurado com excelentes recomendações e não me provocara nenhuma desconfiança, apesar de ser um completo desconhecido para mim, originário de outro estado, onde a obra seria construída. Depois do que João disse, chamei meu pessoal e pedi que examinassem minuciosamente o contrato e pesquisassem mais sobre a empresa que Amadeus representava. Adiaríamos a assinatura até termos em mãos essas informações.

Poucos dias depois, o dossiê que meu pessoal preparou estava em cima da minha mesa. Nada público ainda, mas a companhia de Amadeus e seus negócios estavam sofrendo uma grande investigação. Havia denúncias de superfaturamento, remessas ilegais para o exterior, negócios cancelados, contratos não cumpridos, com grandes prejuízos para as outras partes.

O alívio que senti foi o de alguém que teve a corda amarrada no pescoço e foi salvo pelo herói a cavalo.

ELE

A coisa mais fácil do mundo é acreditar em elogios. Se alguém elogia você, é difícil resistir, você acaba acreditando. Pode até saber que é exagero, que você não merece, que você não é nada daquilo, mas acaba achando bom e acreditando.

No meu caso, preciso me controlar para não achar que sou mesmo esse cara extraordinário que dizem que eu sou. Meu pai, por exemplo. Vira e mexe ele me elogia. Agora veio me agradecer por aquele lance do escritório.

Mamãe estava presente. Ouviu e ficou quieta. É a única que não me elogia tão facilmente. Na época que eu brincava de tirar só nota dez, ela só ficava me olhando daquele jeito dela. Como se soubesse. Sim, claro. Como se soubesse, não. Ela sabe. O pai, não, mas ela sim. Minha mãe tem uma lente que vê dentro de mim. Sempre com uma lanterna na mão, avisando: "Perigo! Perigo!".

A IRMÃ

Desde que comecei a faculdade, não tenho visto tanto o Lupi como eu gostaria. Saio cedo de casa, só volto à noite, e minha turma agora é diferente da dele. Isso me chateia, porque eu queria ficar mais perto do meu irmão.

Seu aniversário de dezoito anos está se aproximando. Uma expectativa tensa, angustiada, parece ser a nova moradora de casa. Imagino o que ele está passando. Meus pais parecem ter certeza de qual vai ser a escolha dele, ou pelo menos se esforçam para dar essa impressão, mas eu não estou tão certa assim.

Lupi vai precisar de uma força de vontade fora do comum.

Por um lado, tem a Nicole, essa tonta. Não suporto essa garota, e mamãe nem sonha que ela sabe que o Lupi é um lobisomem. E não só isso: que ela adora o lado lobo dele. Já cansei de alertar meu irmão sobre ela, mostrando o quanto a Nicole é desmiolada e ambiciosa. Ele sabe, mas diz que ela é a única pessoa no mundo que o aceita como ele é; que é a única pessoa no mundo com quem ele se sente totalmente à vontade.

– Ela te aceita porque gosta dos presentes que você dá pra ela – eu disse. – E acha que você vai ser milionário. É disso que ela gosta!

– Ei, Daphne! Não dá pra parar de implicar com a Niqui? E de achar que eu sou um trouxa?

Saiu chateado. E eu fui para a cozinha estourar um saco de pipocas no micro-ondas. Desde pequeno Lupi adora pipoca. Quando quero puxar um pouco o saco dele, faço pipocas quentinhas, levo para ele e nós dois sentamos para conversar e comer juntos.

Mas dessa vez, quando apareci com as pipocas, meu irmão já havia saído.

Fico pensando no que posso fazer para ajudá-lo e não chego a conclusão nenhuma. Se falo da Nicole, ele briga comigo. Brigar comigo, aliás, é coisa que ele vem fazendo muito de uns tempos para cá. Nas poucas horas que a gente se vê, quase sempre sai uma discussão.

Não estou nada tranquila. Mas não sei o que posso fazer. E, para completar, minha amiga Margarete resolveu se interessar por ele. Margarete faz Letras e escreve poemas. Veio aqui em casa um dia, conheceu o Lupi e, embora mais velha do que ele – ela também é mais velha do que eu, já está quase se formando –, ficou encantada com o meu irmão.

Tomara que esse encantamento todo não dê em nada. Não gosto que amigas minhas namorem meu irmão. É bobagem, eu sei, mas não gosto. Não é legal misturar as coisas. Não gosto de pensar que elas estão conversando comigo e ao mesmo tempo querendo saber do meu irmão. Não dá. E se ela é minha amiga, como não contar o segredo do meu irmão? E se os dois começam a namorar e depois brigam? De que lado eu vou ficar? Claro que vou apoiar meu irmão.

Já falei tudo isso para a Margarete, que eu ia achar muito chato se ela começasse a namorar o meu irmão, que ele é bem mais novo que ela, que o Lupi é uma criançona etc. etc. Mas ela me disse que só quer ser amiga dele, que ele é muito inteligente, e eu parecia estar com ciúme.

ELE

Tem uma coisa que cada vez gosto mais de fazer.

Uivar.

Nas minhas noites, talvez seja a parte de que mais gosto. Uivar para a lua.

É como se meu peito fosse se desinflando, angústia saindo com o uivo, tristeza – ainda que não seja exatamente isso, porque não é angústia nem tristeza que sinto nessas noites. Nessas horas, não tenho sentimentos humanos. É alguma outra coisa que não consigo definir e que me torna mais leve, mais em paz comigo mesmo, uivando. Quase como se eu pudesse sentir algo muito intenso e naturalmente perfeito e bom, ali, naquele momento. Como se houvesse alguma beleza naquilo: o clarão reluzente da lua, eu e meu uivo.

A MÃE

Quase não tenho dormido à noite, pensando no futuro do João e no nosso. E nem preciso olhar para o Conrado para saber que o próximo aniversário do nosso filho também não lhe sai da cabeça.

Nenhum de nós tem certeza do que vai acontecer.

Ontem, sábado, eu estava preparando para o lanche um bolo de que o João gosta, aproveitando que todos estavam em casa, coisa cada vez mais rara de acontecer, quando ele foi se sentar na cozinha enquanto eu fazia a massa.

– Mãe, quando eu deixar de ser lobisomem – perguntou –, será que vou mesmo perder todos os meus atributos? Vou deixar de ter ouvido para música, vou perder a capacidade de prever o movimento dos outros? Minha inteligência? A velocidade? Vou perder tudo isso?

Pega de surpresa, parei o que estava fazendo, limpei as mãos no avental e sentei na cadeira do outro lado da mesa. A conversa ia ser séria e eu precisava me concentrar.

– Por quê? Você acha que em tudo isso não existem coisas que são mesmo suas? – perguntei. – Talvez sejam talentos seus, filho. Talvez não o faro e a velocidade, mas as outras capacidades, sim. E, de qualquer maneira, como você as exercitou todo esse tempo, é bem provável que continue a tê-las. Elas são como músculos. Quanto mais se usa, mais fortes eles ficam. Se você os treina, eles se desenvolvem, e nesse caso alguma coisa deverá ficar em você.

– É o que eu também acho, mãe. Acho improvável que eu vá perder tudo o que desenvolvi. Alguma coisa, sim, mas não tudo. Mas o quê? É exasperante não saber como eu vou ser quando eu não for como sou agora.

– Você não vai perder nada de muito importante, João. Inteligente você sempre foi. Sensível também. E musical. E bom nos esportes. Você não deve se preocupar com isso.

Uma pausa dos dois lados. Ele continuou:

– Outra coisa, mãe. Não estou muito convencido de que não dá mesmo para eu usar meus atributos de outra maneira. Se sou eu quem vai decidir o que eu vou fazer, posso decidir fazer só o bem. Não vejo por que não. É o que eu acho que você nem meu pai entendem, mãe: o tanto de coisas boas que eu seria capaz de fazer quando adulto se continuasse sendo assim. Médico, por exemplo, que é o que eu acho que quero ser. Quantas vidas eu não poderia salvar com a percepção que tenho, com a minha capacidade de diagnosticar pelo faro, intuindo os movimentos? Por que não continuar fazendo isso?

Fiquei quieta. Um passo em falso ali, e ele não confiaria mais em mim.

– Que importância pode ter uma concessão a mim mesmo se o bem que eu fizer for muito maior? – ele continuou.

– Essa foi a justificativa que seu avô usou a vida inteira, filho. É a que todos usam. Só que é muito comum o mal ter mais força e acabar sendo o que domina. Porque é bem mais fácil e traz prazeres imediatos. Você não sente isso de vez em quando? Que a tentação para o mal muitas vezes é maior?

Os olhos dele faiscavam.

– João – continuei –, olha para mim. – Você tem dezessete anos. Me diga a verdade: nesses quatro anos, você nunca usou seus atributos em proveito próprio ou para fazer alguma coisa que prejudicou alguém?

Não respondeu logo. Vi que resistia um pouco. Ao mesmo tempo ele sabia que, se não fosse honesto, nossa conversa de nada valeria.

– Usei, mãe. Mas só um pouco, para me compensar, vamos dizer assim. Em bobagens, coisas pequenas. É duro sempre resistir, mãe. Será que eu não mereço relaxar pelo menos um pouco de vez em quando?

– O problema, João, é que com o tempo você vai achar que merece mais. Que está fazendo muito e merece compensações. Vai pensar que as coisas boas que você pode fazer compensam as coisas ruins.

– Não, mãe. Não necessariamente. Eu posso ser diferente.

Ele agora não parava quieto. Levantou e se pôs a caminhar de um lado para o outro. Como em uma jaula, pensei. Ele se sente preso em uma jaula.

– Como vai ser diferente, filho, se já agora você diz que não resistiu? Que é duro sempre ter que resistir. É que isso está na própria natureza dos seus atributos: querer usá-los. E a tentação de usá-los em proveito próprio é quase irresistível.

João sentou-se, ensimesmado.

Ainda conversamos um pouco, mas percebi que a conversa que ele queria levar agora era mais consigo mesmo, com sua cabeça e seus pensamentos. E logo, de fato, ele se levantou e saiu da cozinha sem dizer mais nada. Mecanicamente, voltei ao meu bolo. Mas agora achava difícil que ele viesse se juntar a nós na hora do lanche.

ELE

De tarde, a casa só para mim e Niqui-Niqui. Pai e mãe no trabalho, Daphne sei lá onde.

Coisa boa é isso.

Niqui e eu, eu e Niqui. Nesses momentos, Niqui é um mistério divertido. Flor de um bosque perfumado e úmido. Flor carnívora. Do meu abalizado ponto de vista, o melhor tipo de flor.

Famintos, fomos para a cozinha. Fizemos dois sanduíches enormes e, com um copo de suco de maracujá, nos espreguiçamos no sofá da sala. Ela ficou vendo TV baixinho e eu peguei o último número da *Superinteressante* que eu tinha começado a ler.

Comentei com ela:

– Rios, florestas, mar, desertos: tudo ameaçado. Tudo a perigo. Talvez eu desista de ser médico para ser ambientalista, sabe? Poderia propor algumas coisas, e com um razoável conhecimento de causa. O que você acha, Niqui?

Olho pregado em algum programa besta da TV, ela nem virou a cabeça para fazer a pergunta.

– Dá dinheiro?

Olhei para seus pezinhos, unhas vermelhas, um anel de prata no dedão. As mãos, apoiadas nas pernas, anéis nos cinco dedos, aliás, dez. Adoro isso.

– Você nunca pensou, Niqui, em algum momento, sei lá... Nunca pensou em fazer alguma coisa legal sem se preocupar com dinheiro?

Também sem despregar os olhos da TV, ela respondeu direta e simples:

– Não.

Voltei a ler minha revista.

Meu filho está cada vez mais parecido com o avô. Fisicamente.

Talvez seja inevitável isso, essa semelhança. Se ele herdou a maldição, pode ter herdado também a fisionomia.

Mas não tenho certeza. Só vi meu sogro duas vezes.

A primeira, no dia do casamento. Não havia como impedir Milva de convidá-lo, e longe de mim criar esse dilema para minha amada. Nem comentei com ela a aversão que senti quando tive que apertar as mãos de seu pai. Um cara alto, moreno, forte, traços de uma beleza quase insolente. Ele também não queria esse casamento – eu era um pobretão que não merecia sua filha – e me olhava com enorme superioridade e cinismo. Olhos esverdeados, também, como os do meu filho.

Não houve festa, e do cartório Milva e eu seguimos para a lua de mel. Depois, para a nova cidade onde fomos morar – eu ainda não tinha minha firma de engenharia e ia trabalhar onde me ofereciam emprego. Por alguns anos, os dois só trocavam cartas e, vez ou outra, ele telefonava para a filha. Quando, por acaso, eu atendia o telefone, escutava sua voz perguntando: "É da casa de Milva Solano?". Ele nunca aceitou o novo sobrenome da filha. Imediatamente, eu passava o telefone direto para ela, sem sequer responder.

Quando mudamos outra vez para cá, Milva passou a visitar o pai pelo menos duas vezes por mês. Por essa época, minha sogra já falecida, ele não estava mais em seu apogeu. Respondia a vários processos e seu nome e suas fotos já não apareciam nos jornais, a não ser em notícias policiais. Nunca chegou a ser preso, mas seus negócios e sua saúde ficaram bastante prejudicados. Estava quase irreconhecível – Milva me disse uma vez, em uma de nossas discussões sobre isso. Seu pai sempre foi motivo de briga entre nós. Que ela, como filha, ainda o amasse, eu podia entender. Mas não queria que meus filhos convivessem com ele. Sempre o considerei uma ameaça a minha família – e, de uma maneira inesperada, bem que eu tinha razão.

Só o vi outra vez no caixão. Nem sei por que fui. Para não deixar Milva só e para tirar os meninos dali o mais depressa possível. O rosto cavernoso, afundado, já não parecia ele mesmo, a não ser pela barba que nunca tirou, nem na morte. As sobrancelhas anormalmente grossas e emendadas, uma listra única de um lado ao outro do rosto.

Portanto, não posso dizer com certeza se João está ficando parecido com ele, e não quero perguntar a Milva. Prefiro tentar deixar de pensar nisso, e reparar mais no meu filho as semelhanças com minha mulher. A mesma boca cheia e o nariz bem feito. De mim, talvez a testa e, com algum esforço, o formato do rosto.

Daphne se parece mais comigo e com minha família. É também muito bonita, minha filha. Tem os olhos da minha mãe, e seu jeito. Mas tem algo do irmão e da mãe: a boca e o nariz. Quem vê os dois, sabe que são irmãos.

ELE

Margarete, amiga da Daphne, esteve aqui hoje. Gosto de conversar com ela. É bem mais interessante do que conversar com a Niqui.

Ela é superinteligente, antenada, e quando viu meu interesse nos livros sobre lobisomens, me emprestou alguns, e também outros de vampiros. Literatura gótica, ela me disse que é o nome da literatura que trata desses temas sombrios e é justamente o tema de sua monografia no curso de Letras.

Estou adorando os livros que ela me emprestou.

Quando vi que ela estava no quarto da Daph, fui lá. As duas estavam sentadas na cama e eu me instalei na poltrona da escrivaninha.

Devolvi pra ela um dos livros sobre vampiros e começamos a conversar sobre isso. Mas falei também dos lobisomens, e Margarete fez uma relação das diferenças entre os dois.

Tive uma vontade enorme de rir de várias bobagens que ela dizia, coitada, mas aí compreendi que Margarete estava apenas analisando o que os autores escreveram. É o que fazem no curso de Letras, e evidentemente ela achava que tudo era apenas ficção e nada mais que ficção.

E, como se fosse também ficção, eu lhe disse que gostava muito mais dos lobisomens.

– Por quê, Lupi? – ela quis saber. Daph me olhou com cara de emburrada e se levantou. Disse que ia tomar água. Não sei por que minha irmã fica com esse jeito irritado quando estou conversando com a amiga dela.

– Por que os lobisomens são seres mais primais, mais ligados à força da natureza. De certa maneira, são produtos dessa força, uma criação dos raios da lua, como as marés. São bichos, animais, e o homem também é um animal, não se esqueça.

– Interessante – ela sorriu. Um sorriso lindo. Seus cabelos são quase louros, mel claro, e seu rosto fino, feito à perfeição. Pensei nas garotas da limusine preta de Nova York. Só que Margarete tem olhos inteligentes, curiosos, vivos. Nada parecidos com os daquelas mulheres.

– Os vampiros, não – continuei. – Eles fazem parte de uma linhagem refinada, imortal, mas parasita. Como se fossem um desvio da evolução humana, uma perversão. Já não têm nenhuma ligação com a natureza. Precisam sugar o sangue vivo de um ser humano para sobreviver. Com os lobisomens não é assim. Eles podem ter o instinto de matar, mas não precisam disso para viver. Percebe a diferença, Margarete?

– Sim.

– Os vampiros são velhos, quase eternos. Os lobisomens morrem como qualquer outro animal, inclusive o homem.

– Entendi.

– A ligação primeira, primordial do lobisomem é com a natureza, e é isso que o salva.

– Salva?

– É, nisso ele se aproxima mais do homem. Hoje, por exemplo, poderia existir um lobisomem ecologista, preocupado em defender a natureza. Um vampiro, jamais.

– Lupi, acho que você teve um *insight*. Posso usá-lo na minha monografia? – perguntou entusiasmada.

– É só um palpite, Margarete, nada mais.

A porta abriu e Daphne entrou no quarto trazendo uma bandeja com dois copos de suco de laranja. Para ela e para Margarete.

– Pra você não, Lupi. Mamãe está te chamando.

Vi na hora que era invenção dela. Mas entendi o recado e saí. A essa altura da vida não tenho a menor intenção de chatear minha irmã. Mas depois vou ter uma conversinha com ela. Daphne precisa acabar com essa implicância quando percebe que estou interessado numa menina.

Estive pensando em meu pai e minha mãe e no quanto ela sofreu. Apesar de tudo, creio que ela amou meu pai até o fim. Nunca me disse, mas hoje acho que sim. Há amores difíceis de apagar. Ela o amava, mas fez sua vida, com uma vontade férrea, à parte da dele.

Meu pai possuía todos os atributos de um lobisomem. Não sei se via ou apenas pressentia, mas o fato é que ele adivinhava nossos movimentos e o que estávamos pensando. Como se lesse em nossos olhos ou em nossa mente. Portanto, acredito que sabia do amor da minha mãe por ele. Sem que ela dissesse uma palavra, ele sabia, e isso deve ter tornado as coisas ainda mais difíceis para os dois.

Imagino que inúmeras vezes ela deve ter desejado fugir, sumir da vida dele, desaparecer, o que minha existência tornou impossível. Ela não me deixaria e não se achava no direito de me expor a uma vida dura e miserável sem meu pai. Deve ter se debatido inúmeras vezes com essa questão, decidindo sempre continuar. Sabia o quanto eu amava meu pai, e nunca tirou esse amor de mim. Se quisesse, poderia ter me contado, quando eu ainda era criança, quem meu pai era de fato. Mas não o fez e eu lhe agradeço por isso.

Quando, por fim, fiquei sabendo, eu já tinha mais condições de entender, e meu grande amor por ele impediu que eu o rejeitasse. Já não era aquele amor de filha por um pai admirado; era um amor vencido por um pai doente. De qualquer forma, amor. Não o abandonei. Mesmo contra a vontade de Conrado, estive presente até sua morte. Mais do que amor, talvez compaixão.

Agora penso: e se o João não conseguir renunciar? Continuarei a amá-lo? Ou terei por ele apenas a compaixão resignada que tive por meu pai?

No caso de um filho é diferente. Você não é responsável por um pai, mas por um filho, é. Não criei meu pai, criei meu filho. Com a minha visão do mundo, meus valores, as coisas em que acredito. Se ele não renunciar, Conrado e eu vamos nos sentir responsáveis. Talvez não seja justo, mas é como vamos nos sentir. Culpados. Será, então, um amor cheio de remorsos e de indagações sobre onde é que erramos. Um amor ainda mais triste do que o sentimento que me ligou a meu pai.

ELE

Minhas noites estão mudando.

Sinto alguma coisa mais perturbadora no ar, mais eletrizante. Há tempos não tinha a sensação de que me seguiam, mas agora ela voltou. Seja como for, passados esses quatro anos, estou mais confiante, mais forte. Minhas forças, se não estão completas, estão quase. Meu território agora é bem maior. Mas já não me divirto tanto. Tenho mais dificuldade em me controlar. Como se meu lado selvagem – sempre em alerta, esse lado de animal bravio – tentasse se soltar, romper os freios que consigo impor. Ainda.

Ao mesmo tempo, começo a duvidar de mim, a não ter certeza. A temer. Não sei se tem a ver com a sensação de estar sendo observado.

Aguardarei.

A IRMÃ

Não consigo mais disfarçar que não suporto essa Nicole. Parece que tem um cartaz na testa dela escrito FUTILIDADE. É só me ver que ela já começa: "Você tááá namorando queeeem, Daphne?". Ou quando quer puxar o saco do Lupi na minha frente: "Esses olhos veeerdes do seu irmão são faaaalsificaçõeees, não são?".

Ela tem esse jeito afetado de falar prolongando as vogais. Finjo que nem escutei e saio de perto.

ELE

Niqui me perguntou o que era a risca vermelha debaixo do meu braço. Eu não respondi. Não quis.

Estou achando que Niqui pergunta demais. Quer saber de tudo, fuça as minhas coisas. Quando entra no meu quarto, quer ver meus *e-mails*, minhas mensagens. E fica fazendo planos para isso ou para aquilo. Diz: "Quando você ficar milionário...", como se eu fosse ficar milionário um dia.

Começou a ficar chato estar com ela. Fico pensando como seria bem mais interessante se eu estivesse com a Margarete. Daphne tem razão. Niqui é tola e interesseira até não poder mais. Ela sabe o que eu sou. É evidente que não vai continuar mantendo segredo se eu lhe der o fora. Vai sair espalhando aos quatro ventos que eu me transformo em lobisomem, colocar na internet, acabar comigo.

Não faço ideia de como terminar esse namoro. E essa nem de longe é a minha encrenca maior.

Eu vi a alcateia deles.

Descobri pelos uivos, quando estavam demarcando um novo território, e fui me aproximando contra o vento, meu cheiro seguindo para o lado oposto e o deles vindo direto para o meu faro.

São enormes, adultos. No auge. Lobos completos. Observando-os, vi o quanto ainda me falta para dominar totalmente minhas forças. Todos, claro, já tinham feito suas escolhas. Nem por um segundo quis me juntar a eles. Por um instinto básico, um remexer de vísceras, soube que eram inimigos e que me caçavam. Não, nem por um segundo quis me juntar a eles. Mas *ser* como eles, não vou negar a mim mesmo, isso eu quis. Ter aquela força, aquele domínio. Aquela plenitude.

Se eu tivesse que decidir ali, naquele momento, eu decidiria sem a menor hesitação. Quando estou na minha pele de lobisomem, sou lobo e quero continuar sendo lobo. Só na manhã seguinte, quando acordo, é que os sentimentos humanos retornam. Então volto a ser homem e quero continuar sendo um homem. Íntegro.

Um homem como meu pai.

O PAI

João devia ter quatro ou cinco anos, e naquele sábado saímos para o nosso passeio de todas as manhãs de sábado. No caminho, vimos uma mulher muito pobre, sentada na calçada com quatro crianças: dois meninos, um bebê que mamava no seu seio murcho e, no chão a seu lado, uma menininha de uns dois anos, nariz escorrendo, olhos remelentos pregados em nós. Quer dizer, em nós, não. No João. Ao lado deles, um colchão rasgado, uma trouxa de roupas, uma chaleira preta de fuligem.

João, caminhando bem mais devagar que eu, querendo parar, me perguntou:

– Pai, onde fica a casa deles?

– Acho que eles estão sem casa no momento, filho – eu disse.

João ergueu os olhos para mim, provavelmente sem entender o que eu dizia. Felizmente, ele ainda estava na fase da pura emoção e não dos porquês – eu não seria capaz de explicar a uma criança os porquês das injustiças do mundo.

Andando devagar, hipnotizado pela cena incompreensível, ele me pediu:

– Então, vamos levar todos pra nossa casa, pai.

– Hoje não dá, filho – respondi, sem saber o que responder, e meio que o arrastei dali.

João sempre foi assim, um menino atento ao mundo, e de coração generoso. Cresceu com a capacidade de enxergar o outro, ver as necessidades de seu semelhante. Será que continuará sendo assim?

Outro dia ele me disse que talvez desista da medicina para fazer ecologia.

– Fico pensando nas coisas que estão fazendo com o nosso planeta, pai. Não sei até quando ele vai aguentar. Amo a natureza e tenho... essa facilidade de entendê-la. – Parou meio constrangido.

Eu disse que a ideia me parecia excelente e que seria realmente muito bom ele usar para isso os talentos que tinha.

– Mas será que esses talentos são meus, pai? E se depois eles desaparecerem?

– Esses talentos são seus, filho. Não é isso que você vai deixar de ter quando renunciar. Fique tranquilo.

Eu disse isso de forma enfática, mas claro que não tenho certeza. Fico pensando em como deve estar a cabeça dele. Como esse tipo de questionamento deve perturbá-lo todos os dias. E passo horas tentando achar um modo mais eficaz de ajudá-lo.

Em vão.

ELE

Tive uma ideia bem estúpida. Pensei em espalhar que a Nicole é doida, que fica inventando coisas, que tem umas ideias esquisitas sobre as pessoas. Assim eu criaria um clima para que, depois, se ela falasse alguma coisa de mim, ninguém acreditasse. A tática até que poderia funcionar – o pessoal costuma aceitar o que eu digo –, mas ainda bem que acabei percebendo logo que seria uma grande sacanagem. A turma iria acreditar em mim, começaria a se afastar dela e... Não, não dá para eu fazer isso. Seria fazer com ela o que eu não estou querendo que ela faça comigo. Uma canalhice mesmo. Não vou inventar nada.

Pensei, então, numa tática bem melhor. Fazer com que ela mesma se afaste de mim. Para isso, me baseei nas reações da minha irmã. Passei a não usar desodorante quando saio com a Nicole. E sempre dou um jeito de tirar os sapatos e colocar os pés para cima. Juro que nem eu mesmo suporto o cheiro. Só que ela... bom, até agora ela tem ficado firme. Sai de lado um pouco, dá uma voltinha e depois acaba voltando. Pelo menos até agora.

Também tenho dado um jeito de comer alguma coisa o tempo todo perto dela. Engulo os refrigerantes. Arroto. Peido. Aí ela diz:

"Lupi! Se comporte!", e eu faço aquela cara que até hoje assusta a Daphne e digo: "Mas eu sou assim, Niqui-Niqui!".

Ela diz: "Como você tá asqueroso, cara!". Mas continua ali.

Não importa. Sinto que estou no caminho certo. Expor meu lado bicho vai acabar funcionando, é só eu continuar. Aprendi com a Daphne que as mulheres odeiam um homem nojento. E ela é mulher, aliás mulheeeerzinha mesmo. Vai acabar achando que não vale a pena ter um lobisomem pobretão e nauseabundo do lado dela.

Sim, pois completei dizendo a ela que riqueza não me interessa em nada. Que pretendo viver no mato, cuidando da natureza, já que sou um bicho mesmo. "O seu bichinho, Niqui-Niqui", e arreganhei os dentes que eu não havia escovado de propósito. Ando me divertindo horrores com isso. Me lembra a época em que eu adorava aterrorizar minha irmã.

Rrrrrraaaauuu! Crau!!!

Tenho certeza de que Niqui não vai resistir por muito mais tempo.

A MÃE

Chegou. O ano em que João completa dezoitos anos.

E agora o correr dos meses tem me deixando como que anestesiada. Como se uma entidade pairasse sobre a nossa casa. Uma entidade que tem cor, tem peso, tem tamanho. É cinza, seu peso é esmagador e seu tamanho é todo o nosso espaço.

Minha atividade agora é mínima. Minha concentração está toda em meu filho. Tenho dois calendários: um na parede da cozinha, outro na parede do meu quarto. Olho para eles e vejo os dias pulsarem como o tique-taque de uma bomba-relógio. Olho mais, me concentro e peço ao tempo: "Pare! Pare!".

Sinto que saio um pouco dos eixos. Saio de mim, deixo um pouco este ano asfixiante e entro em um pedaço de mundo onde o tempo voltou atrás: estou com meu filho menino, aconchegado a mim, protegido.

O PAI

Durante todos esses anos, depois de cada noite de lua cheia, Milva tem entrado no quarto de João para pegar suas roupas sujas. Durante todos esses anos.

Cada vez que ela entra ali, a expectativa torna irrespirável o ar ao nosso redor.

Sangue? Meus olhos correm a lhe perguntar quando sua figura, agora vibrante, aparece na porta do quarto com as roupas do nosso filho na mão, e nesse milésimo de segundo, ao vê-la, já sei a resposta, e respiro.

Tenho a sensação de que envelheço séculos a cada pequeno ritual desse nas manhãs após a lua cheia.

Este é o último ano do nosso sofrimento. Ficaremos livres. Por fim.

ELE

Ontem à noite aconteceu uma coisa cuja importância ainda não avaliei completamente.

Eu tinha conseguido seguir de novo a alcateia. Do meu ponto de observação, no alto de uma pequena colina, a potência que emanava deles vibrava como um chicote. O ar, a terra, a mata, o vento: tudo estava vivo, respirando comigo ali.

Súbito, uma presença. Virei a cabeça e vi um lobisomem magnífico ao meu lado, olhando também para a alcateia ao longe. Seu pelo negro reluzia muito mais do que o meu. A língua era mais vermelha, os dentes mais afiados. O cheiro dele, mais forte e com o mesmo fundamento do meu. No mesmo instante compreendi que éramos da mesma linhagem.

Não estou mais só.

Não abrimos a boca, mas entendi tudo o que ele queria me dizer. Esse lobo completo, esse lobo magnífico, me conhece. Sabe que ainda não fiz minha escolha. E quando me olhou – olhos esverdeados também como os meus –, por esse olhar entendi que ele está à minha espera e que na hora certa saberei como achá-lo.

Ele ficou apenas alguns segundos mais, depois se virou e, em sua imponente plenitude, encaminhou-se para a floresta.

Senti uma vontade animal de segui-lo.

Mas já perto das árvores ele olhou outra vez para mim e eu entendi: ainda não.

Quando acordei hoje, seu cheiro ainda se fazia sentir, como se ele estivesse ali. Porém de um jeito mais diluído, como um cheiro de fundo, sem aquela força de atração primitiva. Percebo cada vez com mais clareza como as sensações que tenho como lobo são distintas das que tenho como homem. Mas percebo também que o limite entre elas é cada vez mais tênue e cada vez mais fácil de ultrapassar. Como se houvesse uma continuidade natural entre elas. Cada vez fico mais consciente do quanto minha escolha será difícil.

Tenho vontade de pedir que meu pai me amarre.

A IRMÃ

Nesses anos todos, Lupi jamais me deixou ver sua transformação. Nem eu nem meus pais. Durante todo esse tempo, nunca deixou ninguém da família ficar perto dele nas noites de lua cheia.

Antes, é verdade que eu tinha pavor só de pensar em vê-lo, e jamais pedi nem tentei espiar sem ele saber, mas agora não tenho mais medo. Tenho até curiosidade, vontade de ver como acontece a mudança, como é que meu irmão fica, se ele parece mesmo um lobo ou o quê.

Ele disse:

– Esquece, Daphne. Nunca vou deixar você me ver.

– Por quê? – perguntei.

– Porque não aceito essa ideia. Assunto encerrado.

Mas eu sei por quê. Vergonha de nós. Ele disfarça, mas sei que é vergonha. Meu pai diz que é um bom sinal; eu também acho. Meu pobre irmão!

E não é mesmo preciso ninguém da família ver como ele fica. É uma coisa só dele, íntima. Lupi tem o direito de não querer que ninguém veja o lado dele que todos abominam.

Muitas coisas têm acontecido, agora que ele está ficando adulto. Não sei se todo mundo nota, mas eu às vezes vejo uma estranha luz em volta dele. Pesada, opaca, sem brilho.

Voltando da faculdade outro dia, à medida que fui me aproximando da nossa rua e começando a ver a nossa casa, fui sentindo uma coisa ruim. Uma sensação carregada, lúgubre. Pensei em correr e ver se havia acontecido alguma coisa com alguém da família, mas não consegui correr. Eu andava como se me arrastasse, e percebi que eu estava era sentindo um medo paralisante. Medo do que poderia acontecer com Lupi e conosco. Medo do desconhecido e da decisão, não muito distante agora, que ele iria tomar. Era como se, dali onde eu estava, pela primeira vez eu estivesse vendo minha casa como ela realmente era: o sobrado pintado de branco, o muro em volta do jardim que não escondia as duas azaleias floridas e a varanda do quarto dos meus pais, no segundo andar, toda essa área cercada por uma luz amarelada e maligna.

Fechei os olhos em pânico, dizendo a mim mesma: Calma, Daphne, calma. É imaginação sua. Abra os olhos outra vez e veja que é apenas a sua casa de sempre e nada mais.

Abri os olhos e de fato não vi mais a luz amarelada. Respirei fundo e então sim eu corri, chamando "Mamãe, Lupi, papai!".

Só mamãe estava em casa.

– Que foi, Daphne?

– Estou com medo, mãe – eu disse, agarrando-me a ela.

– Ah, minha filha! – ela tremeu, incapaz de disfarçar. Disse baixinho: – Eu também.

Pela primeira vez percebi o quanto minha mãe também está aterrorizada com esse mal que nos ronda. Como nunca antes, senti o momento sério que enfrentávamos e compreendi como estamos todos ameaçados por algo enorme, sinistro, que ultrapassa a nós mesmos.

Meu pânico agora é permanente.

ELE

O tempo está passando com uma rapidez que eu não queria. Minha noite se aproxima. A noite em que deixarei ou não o esplendor da lua entrar pela minha janela. Se eu me transformar em lobisomem, estará feita a minha escolha.

Não tenho pensado em outra coisa. Não sei como vou agir. Tudo o mais parece ter cessado de existir para mim.

A IRMÃ

Ontem mamãe pediu para eu ficar em casa, na véspera do aniversário do Lupi.

A escolha é muito simples, ela explicou. Basta ele não se expor ao clarão da lua, que sabemos que estará cheia. É fechar a janela do quarto, puxar a cortina e não sair durante toda a noite. No dia seguinte, a maldição terá passado.

Ela quer que eu fique com eles na vigília. Lupi estará no seu quarto. Se abrir a janela ou se sair, se tornará para sempre um lobisomem.

Todos estamos afundados em um mesmo medo pegajoso, quase visível. Minha mãe. Meu pai. Os dois tentam disfarçar perto do Lupi, mas é claro que ele percebe. Se uma folha de repente cai no chão, os dois estremecem. Eu também. É como se soubéssemos que a bomba instalada há tantos anos no quarto do meu irmão está prestes a explodir.

– Nem precisava pedir, mãe – eu lhe disse. – É claro que estarei aqui, ao lado de vocês.

Conversei com o João. Nossa última conversa sobre a maldição. Ponderei com ele todos os prós e contras da escolha que ele vai fazer. Fui o mais honesto que consegui ser. Reconheci que não era uma escolha fácil.

– Lembra do dia que alertei você sobre aquele cara que queria contratar o serviço do seu escritório? – ele me perguntou.

– Nunca vou esquecer daquilo, filho.

– Foi bom, não foi? Quer dizer... aquele negócio poderia prejudicar muito a sua empresa e, em consequência, a nossa família, não é?

– Isso mesmo, filho, foi muito importante.

– E eu não poderia ter te ajudado se eu não fosse um lobisomem.

– João, o que aconteceu foi importante, mas nos favoreceu por mero acaso. Seja como for, você não pode construir sua vida pensando nessas vantagens. As consequências são enormes, e nada boas.

– Mas eu não consigo deixar de pensar em todas as coisas que eu poderia fazer. Coisas importantes, úteis, pai. Para vocês. Para todo mundo. Não sei por que vocês não acreditam que eu posso ser bom como lobisomem.

– Não é assim que funciona, João, você sabe. E se você não resistir agora, enquanto tem uma chance, não terá como lutar contra a sua natureza mais tarde. Seus poderes ficarão cada vez mais fortes e sua vontade de controlá-los cada vez menor. O mal pode contaminar o que está em volta.

– ...

– Na vida real, meu filho, super-heróis não existem.

– ...

– Não arrisque, filho. Você não terá saída depois.

João se levantou e saiu. Deixei-o ir. A consciência da imensidão do que poderia acontecer se fizesse a escolha errada caiu como uma rede sobre mim. Eu tinha me iludido até aqui. Mesmo para um rapaz como João, criado como ele foi criado, a tentação era forte demais.

Passou-se um bom tempo até eu conseguir me controlar e olhar para Milva e Daphne sem lhes revelar meu pavor.

Véspera dos dezoito

A MÃE

Hoje: o dia que eu não queria que jamais chegasse. O dia da escolha de Lupicínio João.

Mal o vi de manhã. Ele saiu cedo de casa, não veio almoçar e, quando chegou, foi direto para o quarto e se trancou. Entendo que ele deseje ficar sozinho.

O sol daqui a pouco começará a se pôr.

Conrado, Daphne e eu já nos sentamos quietos no sofá da sala, já fechamos as janelas, já puxamos as cortinas. Somos uma corrente aflita que espera, e nossa única força é a do afeto e a da noção do certo e do errado, do bem e do mal. Não temos outra.

Conrado está olhando para a parede em frente, para o vazio. Daphne aperta minha mão na sua e nem repara que a pressiona com muita força, fazendo minha mão doer.

E eu.

Eu olho para os dois e não sei como lhes dizer o que deveria dizer. A verdade é que eu vacilo. Por que tornar esta vigília ainda mais dolorosa? Por que tirar deles o fio de ar por onde a esperança ainda respira?

Devo mesmo contar?, me pergunto mil vezes. Sim, devo. Agora não há mais como adiar, me respondo também mil vezes. Então respiro fundo, olho para os dois e digo:

– Tem uma coisa que ainda não contei ao João nem a vocês, mas agora preciso contar. Nunca nenhum lobisomem renunciou à chance de se tornar para sempre um lobisomem. Se o nosso João renunciar, ele será o primeiro.

ELE

À medida que a tarde foi escurecendo, me senti mais tranquilo.

Não há outra decisão a tomar.

Quando cheguei em casa, fui para o meu quarto e peguei na gaveta o envelope ainda fechado com a carta de Suzana. Tê-lo envolvido em tantas roupas fez com que seu perfume tivesse menos condições de se esvair. Eu ainda podia senti-lo, mesmo que distante, o último indício de algo que poderia ter sido e não foi.

Fiquei um tempo com o envelope grudado no nariz, e tenho a impressão de que chorei. Depois coloquei-o outra vez no fundo da gaveta. Não vou ler a carta. Agora que minha decisão está tomada, não deixarei que nada interfira.

Sentei na cama e esperei.

A sorte está lançada

Em silêncio, Lupicínio João entra na sala.

Está com seu *jeans* de sempre, camiseta verde-escura e um casaco de couro preto. Seus olhos são lascas, e faíscam. Apenas uma leve umidade nos cílios indica que ele pode ter chorado.

Aproxima-se primeiro do pai e o beija na testa. Em seguida, beija a mãe nas mãos e lhe dá um abraço quase sem fim. Depois um beijo demorado no rosto da irmã.

– Não fiquem tristes – diz. – Amo vocês mais do que tudo nesta vida. Mas eu deixaria de ser eu se não tentasse ser o que sou.

E, afastando-se dos três, lentamente abre a porta da sala. O esplendor da lua cheia entra como uma rajada.

Ele sai.

Este livro foi composto em Avenir e Rotis Serif e
impresso em papel Offset 90 g/m².

Histórias sobre leituras

Histórias sobre leituras

livros e leitores

Marina Colasanti • Ana Maria Machado • Moacyr Scliar
Paulo Mendes Campos • Valéria Piassa Polizzi • Índigo
Marcia Kupstas • Ivan Jaf • Ricardo Azevedo
Carolina Maria de Jesus • Maria José Dupré

Ilustrações
Visca

VOLUME 50

editora ática

PARA GOSTAR DE LER

Diretoria de conteúdo e inovação pedagógica Mário Ghio Júnior
Diretoria editorial Lidiane Vivaldini Olo
Gerência editorial Paulo Nascimento Verano
Edição Camila Saraiva e Fabiane Zorn

Arte
Ricardo de Gan Braga (superv.), Soraia Pauli Scarpa (coord.) e Thatiana Kalaes (assist.)
Projeto gráfico Mariana Newlands
Ilustrações Visca

Revisão
Hélia de Jesus Gonsaga (ger.), Rosângela Muricy (coord.), Célia Carvalho, e Brenda Morais (estag.)

Iconografia
Sílvio Kligin (superv.), Cesar Wolf e Fernanda Crevin (tratamento de imagem)

CIP-BRASIL. CATALOGAÇÃO NA FONTE
SINDICATO NACIONAL DOS EDITORES DE LIVROS, RJ

H58
v. 50

Histórias sobre leituras : livros e leitores / Ana Maria Machado ... [et al.] ; ilustrações Visca. - 1. ed. - São Paulo : Ática, 2015.
136 p. : il. ; 21 cm. (Para gostar de ler ; 50)

Inclui bibliografia
ISBN 978-85-08-17437-9

1. Poesia infantojuvenil brasileira. I. Machado, Ana Maria. II. Visca. III. Série.

15-22270 CDD: 028.5
CDU: 087.5

Código da obra CL 739095
CAE 545321

2024
1ª edição
3ª impressão
Impressão e acabamento: Forma Certa Gráfica Digital
Código da OP: 233236

editora ática
Direitos desta edição cedidos à Editora Ática S.A., 2015
Avenida das Nações Unidas, 7221
Pinheiros – São Paulo – SP – CEP 05425-902
Tel.: 4003-3061 / atendimento@atica.com.br
www.atica.com.br

Sumário

Apresentação
A aventura da leitura, 7

Rumo nem sempre a prumo • Marina Colasanti, 13
Cadê o bolo que estava aqui? • Ana Maria Machado, 17
Um ciumento de carteirinha • Moacyr Scliar, 31
Para Maria da Graça • Paulo Mendes Campos, 43
O gato de livros • Valéria Piassa Polizzi, 49
Dissecando leitores • Índigo, 55
O livro de Lívia • Marcia Kupstas, 69
O caçador de livros • Ivan Jaf, 85
Perdido nas brenhas de um mataréu despovoado • Ricardo Azevedo, 99
O livro é a melhor invenção do homem • Carolina Maria de Jesus, 105
Todos os caminhos conduzem ao fim • Maria José Dupré, 111

Referências bibliográficas, 133

A aventura da leitura

Este livro é um convite para você começar uma viagem sem volta. Ninguém que teve contato com um livro e com uma boa história ficou indiferente ao que leu. A leitura desperta curiosidades, amplia a ideia sobre o mundo e nos torna mais críticos diante da realidade.

Se fizermos uma viagem pela história da humanidade, veremos que nenhuma grande revolução política, religiosa ou cultural, independentemente de ideologias, começou sem ter um livro como estopim. Ideias reunidas, discutidas e impressas no papel são armas poderosas para fazer a roda da vida girar.

Desde a invenção dos tipos móveis por Gutenberg, no século XV, uma verdadeira revolução histórica se iniciou. O livro começou a ser difundido e virou um objeto poderoso na transformação da vida das pessoas — mesmo que nem todos ainda tivessem acesso a ele. Não à toa, surgiram órgãos de censura: a Igreja católica, por exemplo, criou o *Index Librorum Prohibitorum.*

Após a revolução tecnológica do final do século XX, com o advento da internet, fica difícil imaginar como seria o mundo se não tivéssemos acesso a tanta informação. O surgimento do livro teve um impacto semelhante, ou até mesmo maior, que o nascimento da internet. E a leitura passou a ser uma ferramenta indispensável no processo de obtenção de conhecimento.

Mas nem só de revoluções vivem os livros. Esse objeto de desejo proporciona também momentos de prazer. E por agradar um vasto universo de leitores, ele sobrevive há tanto tempo. Há livros para todos os gostos (de variados gêneros) e para todos os bolsos e estantes (com diferentes formatos e acabamentos). Outro fator que contribui para a sobrevivência do livro durante séculos é a capacidade de se reinventar e dialogar com novas formas de comunicação.

Para ilustrar a importância da leitura na vida das pessoas, reunimos onze textos que trazem uma rica variedade de gêneros. Um dos pré-requisitos para a seleção foi o fato de falarem sobre o hábito de ler e de despertarem o gosto pela leitura. Alguns deles tratam o próprio objeto livro e a atividade da leitura (ou da escrita) como matéria-prima.

O dom de falar muito com poucas palavras pode ser visto na delicada poesia de Marina Colasanti. A descrição da infância, que nos faz voltar ao passado, como se tivéssemos entrado em uma máquina do tempo com cheiro de bolo de chocolate, está no texto de Ana Maria Machado. O relato de Moacyr Scliar sobre o primeiro contato que um adolescente tem com uma obra-prima da literatura brasileira também aparece nesta antologia. Ele nos conta como um menino encarou a leitura de *Dom Casmurro*, uma experiência de primeira vez na adolescência.

O "conto de formação" recriado sob a óptica sensível de Paulo Mendes Campos, que recomenda para Maria da Graça ao completar quinze anos a leitura de *Alice no País das Maravilhas*, pode ser lido com muito prazer. No texto, o autor aconselha Maria da Graça a encarar os desafios da vida adulta.

Já o trabalho literário com as palavras e a profunda pesquisa histórica de Ricardo Azevedo nos levam para o século XV, quando o contato com o livro era um privilégio. E bem próximo desse período, a ficção científica de Ivan Jaf nos faz viajar por um mosteiro na região da atual Alemanha. É como se estivéssemos entrando no universo do clássico de Umberto Eco, *O nome da Rosa*.

Marcia Kupstas, com sua facilidade de se comunicar com os jovens, apresenta aqui um conto distópico inédito que fala do que um livro é capaz de fazer na vida das pessoas. E com humor inteligente e refinado, a autora Índigo classifica os diferentes tipos de leitores de suas obras. Como eles nunca andam separados, os livros e um gato são os personagens do conto de Valéria Piassa Polizzi.

E se você ainda tiver dúvidas sobre o poder transformador dos livros na vida das pessoas, leia um trecho do diário de Carolina Maria de Jesus, moradora da primeira grande favela de São Paulo, na década de 1950.

Para os leitores curiosos sobre a vida dos escritores e sobre como nasce uma boa história, saboreie os trechos da autobiografia de Maria José Dupré, que nos presenteia com um relato sobre seu principal personagem infantil, o cachorrinho Samba.

Antes que você corra para as próximas páginas, só mais uma informação: sabe qual foi o principal critério de seleção desses autores? Eles colaboram (e colaboraram) para criar o catálogo de uma das editoras mais importantes deste país. E mais do que isso, nestes últimos 50 anos, eles mudaram, e ainda mudarão, a vida de muita gente.

Marina Colasanti

Rumo nem sempre a prumo

Marina Colasanti

A bola

        quica

    quica   quica

A água

pinga

pinga

pinga

O sol
    brilha

brilha   brilha

Enquanto você
        lê lê lê.

Marina Colasanti nasceu na Eritreia, país africano, em 1937. Veio com sua família italiana para o Brasil aos 11 anos e foi morar no Rio de Janeiro. Aos 15 anos, escolheu a carreira de artista plástica. Em 1962, sem deixar a pintura de lado, começou a trabalhar como jornalista no *Jornal do Brasil*. Foi lá que conheceu o poeta Affonso Romano de Sant'Anna, hoje seu marido. Trabalhou também como tradutora, roteirista, apresentadora de TV e publicitária. Como escritora já publicou mais de 50 livros no Brasil e no exterior. Muitos foram ilustrados por ela mesma. Dentre os muitos reconhecimentos que recebeu, estão quatro prêmios Jabuti. Um deles veio em 1994 na categoria Melhor Livro Juvenil com *Ana Z, aonde vai você?*. Entre os outros livros publicados pela Ática estão *Longe como o meu querer* e *Penélope manda lembranças*.

Ana Maria Machado

Cadê o bolo que estava aqui?

Ana Maria Machado

As férias de julho estavam começando e a gente tinha inventado de tomar café da manhã no clubinho, porque bem cedo, no inverno, a neblina é tão forte que fica parecendo filme de terror, é o maior barato.

Acho que os pais adoraram a ideia de ficar dormindo até mais tarde num domingo, sem barulho dentro de casa, e colaboraram de verdade. A mãe da Helô fez bolo de chocolate. Na véspera, o pai da Carol ajudou a gente a carregar para o clubinho uma cesta cheia de canecas, pratos e talheres. E minha mãe emprestou até a torradeira para podermos fazer umas torradas. Foi só esquentar o leite na cozinha antes de sair, botar numa garrafa térmica, e daí a pouco estávamos todos sentados no tapete, fazendo um piquenique na nossa sala de eletrônica — porque o clubinho da árvore estava um gelo, com a madeira toda molhada.

No canto, em cima da única mesinha pequena que havia, estava a cesta que viera na véspera, com a louça e um bocado de comida — pão, manteiga, geleia, queijo. Não cabia tudo, e algumas coisas tiveram que ser postas perto da porta, em cima de um caixote.

A Cláudia supervisionava as torradas, passava manteiga, ia entregando a cada um. O Tiago se encarregou de servir o leite nas canecas, a Lu botava dentro as colheradas de chocolate em pó, mexia bem, e ia passando adiante. Carol ajudava Pilar, que já estava se lambuzando toda. De repente, ouvimos o grito da Helô:

— Cadê o bolo de chocolate que estava aqui?

Olhamos para o prato e, desolados, vimos que só tinha uma migalhinha.

Helô fazia um escândalo:

— Eu quero meu bolo! Se eu pego esse ladrão, vou encher de porrada!... O bolo que minha mãe fez, que eu trouxe com tanto cuidado para não tropeçar e não deixar cair... Pra de repente chegar um espertinho e comer tudo? Ah, isso não vai ficar assim...

Todo mundo falava ao mesmo tempo:

— Pô, é a maior sacanagem...

— Quem foi o ladrão?

— Até sonhei com esse bolo...

— E vocês não sabem como ontem ele ficou cheirando pela casa toda, quando estava no forno... A gente ficou com água na boca.

— Eu quero meu bolo!

— Eu também!

— Quem pegou?

— Quem foi? Vai ter que dizer!

A única que não gritava era Pilar, que quando está tomando leite não interrompe para nada. Ah, e também o Sérgio, sentado diante da telinha da tevê, como se estivesse hipnotizado por uma fita de vídeo que o Duda tinha posto para ele assistir e dar uma folga enquanto a gente arrumava as coisas. Nem piscava, era como se não estivesse ouvindo nada.

Mas com exceção dos dois menores, ocupados em outras coisas, nós todos estávamos furiosos. Num instante, estávamos em volta do Mário, que é um guloso e comilão de marca maior e, obviamente, era o principal suspeito. A Carol, com a autoridade de irmã mais velha, agarrou os dois ombros dele, deu uma sacudida e mandou ver:

— Pode ir dizendo onde você escondeu o bolo. Você não me engana, não dava tempo de comer tudo...

— Não fui eu... — defendeu-se ele.

— Deixe de ser mentiroso! — gritou a Helô. — Só pode ter sido você. Estava todo mundo ocupado, fazendo alguma coisa por aqui... Só você, Carol e Duda é que não estavam em volta da mesa.

— Isso mesmo — confirmou a Cláudia. — A Carol estava com Pilar, Duda com Sérgio... Não foram eles. Agora a gente ficou sem bolo.

Mário ficou com a boca tremendo, os olhos cheios de lágrimas, e repetiu:

— Não fui eu, já disse!

— Cheira a boca dele, vê se está com cheiro de chocolate... — sugeriu Tiago.

— Vê se tem alguma migalha caída pela roupa, ou pelo chão, perto de onde ele estava — lembrei.

Foi feita a investigação. Nada. Nem um indício.

— Não fui eu! — repetia Mário.

— Se não foi você, quem pode ter sido? — perguntei.

Parecia até combinado. Todo mundo ficou em silêncio de repente, pensando. E, no meio desse silêncio, a Pilar se levantou da frente da tevê, veio entregar a Carol a caneca de leite vazia, e disse:

— Foi o porquinho.

— Não enche, Pilar! — cortei, com a minha autoridade de irmão mais velho. — Cale a boca. A gente está falando de uma coisa importante.

— Eu sei, é do bolo de chocolate que ele comeu... Eu vi... — respondeu ela.

— Ele quem? — interroguei.

Uma testemunha ocular... Isso mudava o rumo das investigações. O círculo que se fechava em torno do Mário deslocou-se imediatamente e cercou Pilar.

— Você viu? Quem foi? — repetiu Carol.

— Foi ele, o porquinho...

— Que porquinho? O porcalhão do Mário?

Pilar riu, aquela gargalhadinha dela que tem horas que é a maior delícia ouvir, mas nesse momento era irritante.

— Não, o porquinho mesmo, do rabo enrolado. O porquinho da boneca.

Ninguém entendeu nada. Mas Pilar ficou repetindo que um porquinho de rabo enrolado e fita no pescoço (imaginem só!) tinha entrado ali e comido o bolo todo de uma vez. E ainda disse mais: contou que, quando ele ia começar a comer os biscoitos que estavam ao lado, tinha aparecido uma boneca correndo atrás dele e os dois tinham ido embora.

A gente tinha mais o que fazer. Não íamos perder tempo com histórias de criança. Tínhamos que acabar de comer logo e partir para uma investigação mais trabalhosa, à procura de pistas que nos levassem ao verdadeiro ladrão.

Se não era o Mário — e a esta altura já estávamos praticamente convencidos de que ele era inocente —, então a situação era muito mais séria. O clubinho estava sendo alvo da ação de bandidos ousados, capazes de agir sob nossas barbas (bom, nenhum de nós tem barba, mas é modo de dizer). Tínhamos que nos defender: descobrir o culpado e dar uma lição nele. Com urgência.

Mas, antes mesmo de ficarmos prontos para começar nossa investigação, ouvimos a voz do Sérgio:

— Olha lá o porquinho!

No primeiro momento, ninguém viu nada. Também, não podíamos ver, porque estávamos olhando justamente para onde ele não estava. Ou seja, para todos os cantos do clubão, para a janela, para o terreno lá fora. Mas aí a Pilar deu uma risadinha e acrescentou:

— A boneca está dando a maior bronca nele!

Olhamos para onde ela olhava: a tela de tevê. Realmente, uma boneca de pano com o cabelo todo espetado corria por um quintal com uma vassoura na mão, atrás de um porco que tentava fugir e se esconder como podia.

— Essa não! Um filme? — fiquei furioso. — E vocês fazendo a gente perder tempo com isso?

Mas o Tiago fez um gesto para eu calar a boca e só então ouvi, com toda nitidez:

— Seu leitão de uma figa! Então não chega ter comido a bandeja toda de cocada? Ainda tinha que ir roubar o bolo de chocolate das crianças no clubinho?

Puxa, que coincidência! Nós nos olhamos espantados.

A boneca continuava:

— Ah, se eu te pego, seu marquês de meia-tigela... Você vai se arrepender...

Acabaram de atravessar o quintal, viraram atrás do galinheiro e sumiram. Mas logo em seguida, pelo outro lado, apareceram um menino e uma menina, rindo e conversando:

— Um dia, ela ainda quebra esse cabo de vassoura no lombo dele — disse o menino.

— Não se preocupe, é só briga de marido e mulher — riu a menina. — Ela faz esse barulhão todo, mas bem que gosta dele.

— Pois sim! Gosta, uma ova. Ela só casou com ele porque você a enganou, com aquela história de dizer que ele era marquês, encantado por uma bruxa, e que ele estava procurando na lama um anel

mágico para desencantar, essas coisas todas. O que ela queria era ser marquesa...

— Princesa, Pedrinho, princesa... Marquesa foi só prêmio de consolação — corrigiu a menina, às gargalhadas. — Marquesa de Rabicó!

A esta altura, a gente já tinha descoberto (como você também já deve ter feito) que os pequenos estavam assistindo ao *Sítio do Picapau Amarelo*. Narizinho e Pedrinho estavam na tela, rindo da boneca Emília, que corria atrás de Rabicó. Mas Helô notou:

— Devem ter mudado a atriz que fazia o papel da Emília. Está tão diferente...

— Os outros também — comentou Carol.

— Mas ela está mais. Diferente e pequena, parece que encolheu. Está quase do tamanho de Rabicó.

— Deve ser uma série nova, com efeitos especiais. Porque ela está mesmo igualzinha a uma boneca de pano — insistiu Helô.

— Mas, é claro, a Emília é uma boneca de pano! Só ficou assim faladeira e asneirenta depois que tomou a pílula falante do Doutor Caramujo. Vocês não sabiam?

Saber, sabíamos. Pelo menos, alguns de nós, os que já tinham lido os livros do Monteiro Lobato. Ou visto a série na televisão. Mas o que nenhum de nós sabia, nem podia imaginar, é que aquilo que estava acontecendo fosse possível. Porque quem tinha acabado de dar essa explicação era a própria Narizinho. Debruçada para fora da tela, falando conosco como se estivesse na janela conversando com a vizinha e isso fosse a coisa mais natural do mundo.

"Ainda estou dormindo", pensei. "Acordar no inverno é fogo... Demora muito..."

Ficamos todos mudos uns instantes.

Quem se recuperou primeiro foi a Lu, e resolveu fazer uma experiência. Chamou:

— Pedrinho!

Ele também olhou para fora da tela e respondeu:

— Que é, Lu?

— Ué, você sabe meu nome?

— Você não sabe o meu?

— Bom, mas eu sempre li as histórias do Sítio, conheço vocês todos, como se fossem de verdade, meus amigos.

— Pois, então, é verdade.

Parecia que a Lu tinha pirado. Deu uma de tiete e foi em frente:

— Eu adoro as histórias de vocês, li todos os livros do Monteiro Lobato. Alguns, mais de uma vez. Sempre sonhei que podia ser tudo verdade, eu podia ir até o Sítio, conhecer vocês todos, a gente podia se meter numas aventuras juntos...

— Pois então venha — convidou Narizinho.

— Escute aqui — interrompeu Tiago. — A conversa está muito boa, mas a gente precisa entender melhor o que está acontecendo. Como é que essa televisão velha ficou interativa de repente?

— Deixa isso para lá... — disse Helô. — Vamos curtir a visita. Aproveitar e perguntar a eles uma porção de coisas. Eu quero saber tudo do Reino das Águas Claras e daquele peixinho que era príncipe... Como era mesmo o nome dele?

Como ninguém respondeu e Helô não queria ser indelicada, foi conferir o nome exato do Príncipe Escamado. Abaixou-se e começou a procurar no caixote de livros. Logo, estava perguntando:

— Cadê o *Reinações de Narizinho*? Ainda hoje cedo estava aqui, em cima de tudo...

Foi então que o Duda, muito sem jeito, quase gaguejando, disse:

— Fu... fui eu.

— Foi você o quê?

E então ficamos sabendo.

Enquanto estávamos arrumando as coisas para o nosso piquenique/café da manhã, o Sérgio estava muito agitado, correndo por todo lado, falando sem parar. A Carol, ocupada com a Pilar, pediu ao Duda para ligar a televisão e procurar algum programa interessante. O Duda ligou, mas não aconteceu nada, só um chuvisco na tela. Nada de imagem. Aí ele resolveu botar uma fita de vídeo. Atividade das mais simples, mas na qual ele tem o dom de se confundir cem por cento das vezes. Desta vez, a fita não entrava, como se tivesse um troço lá dentro atrapalhando. Duda resolveu cutucar com alguma coisa. Passou a mão no que estava mais perto: um livro guardado no caixote ao lado. Assim que o livro encostou na abertura do vídeo, o aparelho o engoliu.

— Parecia coisa de bicho esfomeado... — explicou Duda.

— Vai ver, já era o Rabicó de boca aberta — zombou Tiago.

— Continue — ordenou a mandona da Carol.

— Bom, aí eu fiquei meio nervoso, né, com medo de vocês falarem outra vez que eu não sei mexer nisso, que ia acabar quebrando, essas coisas. Peguei o controle remoto, para ver se conseguia dar um jeito. E peguei também o tal *stick* de jogar aqueles jogos. Aí foi tudo ao mesmo tempo.

— Tudo o quê?

— Apertei um botão do controle com uma mão, puxei o *stick* com a outra, e o passarinho se meteu.

— Que passarinho, cara? Ficou maluco? — confesso que eu não estava com a menor paciência para explicações que não explicam.

— Um beija-flor que entrou pela janela, enfiou o bico naquele buraquinho ali, que vocês disseram que é para "o lugar" do outro aparelho...

— Para "plugar" outro aparelho... — corrigiu Lorena, mas ninguém ligou.

Estávamos todos ouvindo atentos a história do Duda, sem querer perder nem uma palavrinha. E ele continuava:

— ... e foi embora. Na mesma hora que o beija-flor sumiu, acendeu tudo, apareceu uma casinha branca com duas velhas conversando na varanda, uma preta e uma branca, e eu achei que estava tudo bem, fui ajudar a passar manteiga no pão.

— Dona Benta e tia Nastácia! — identificou a Lu.

— Cadê? — perguntou Mário.

— Foram lá pra dentro, que vovó queria explicar umas coisas na cozinha... — respondeu Pedrinho.

— Então como é que a Lu viu? Eu também quero ver... — insistiu Mário. — Sempre tive a maior vontade de conhecer tia Nastácia, comer um daqueles bolinhos que ela faz...

— Eu não vi velha nenhuma — disse a Lu. — Só falei porque descobri quem era, quis explicar quem estava na varanda e o Duda tinha visto.

— Eu também quero ver... — repetia o Mário.

— Você quer é comer bolinho, seu Rabicó de duas patas! Encher a pança com os quitutes da tia Nastácia. Pensa que eu não sei? — disse uma voz nova.

E Emília botou a cara na tela-janela.

Foi a maior sensação. Emília sempre foi a preferida de qualquer um que tenha lido (ou ouvido) as histórias do Monteiro Lobato. E agora ela estava ali bem na nossa frente! Era demais... Chegamos um pouquinho mais perto. A Pilar, encantada com a boneca, estendeu os braços para ela e chamou:

— Ai, que gracinha... Vem comigo, vem, aqui no meu colo... Eu vou te ninar, te dar mamadeirinha...

— E eu lá sou boneca de ficar no colo sendo ninada? Está me estranhando? Eu, hein? Como se eu fosse uma reles boneca de loja? Pois fique sabendo que eu sou uma ilustre boneca de pano, feita pelas mãos pretas incomparáveis da fada Nastácia... Sou a Marquesa de Rabicó! A Condessa das Três Estrelinhas! Ninguém me agarra assim não, está pensando o quê?

— Emília, tenha modos — corrigiu Narizinho. — A menina só está querendo te agradar.

— Pois que vá agradar a avó dela! Me ninar... Mamadeira... Francamente, não faltava mais nada...

Cruzou os braços e emburrou, fazendo um bico que mais parecia o focinho do Rabicó.

Do lado de cá do vídeo, Pilar fez beicinho, cara de choro, e as lágrimas desataram a escorrer pelas bochechinhas morenas. Do lado de lá, Narizinho ficou com pena, toda carinhosa, e consolou:

— Não chora não, meu anjo... Vamos passear. Não liga para a Emília, não. Ela se zanga à toa, diz uma porção de asneiras, mas no fundo tem bom coração. Garanto que vocês duas ainda vão ficar muito amigas. Vem comigo, vem, que eu vou te mostrar uma porção de coisas lindas.

Bem nesse instante, aconteceu tudo ao mesmo tempo.

Estávamos todos olhando Narizinho estender os braços para Pilar, que se levantou e segurou a mão dela, quando ouvimos um barulhão lá fora, no portão do terreno:

CRASH! CATAPRUM!

Saímos correndo para ver o que era. Vimos. Mas quando voltamos não encontramos mais a Pilar. Nem Narizinho, nem Pedrinho, nem Emília, nem ninguém. A tela era só um chuvisco de novo e, diante dela, com um glorioso ar de triunfo, segurando um livro na mão, Duda exclamava:

— Pronto, consegui! Dei um jeito de tirar o livro enganchado lá dentro! Agora está consertado...

Ana Maria Machado é uma das autoras mais importantes da literatura infantojuvenil brasileira. Com mais de cem livros publicados no Brasil e em 17 países, possui uma coleção extensa de prêmios — dentre eles, o mais importante do mundo para literatura infantil: o Hans Christian Andersen, que recebeu em 2000. Natural do Rio de Janeiro, estudou Letras, foi professora na Universidade de Sorbonne e, orientada por Roland Barthes, tornou-se doutora em Linguística e Semiologia. Em 2003, passou a ocupar a cadeira número um na Academia Brasileira de Letras. Publicou mais de 30 livros pela Ática, entre eles: *Procura-se Lobo, Amigos secretos, Mensagem para você* e *Tudo ao mesmo tempo.*

Moacyr Scliar

Um ciumento de carteirinha

Moacyr Scliar

A verdade é que sempre gostei de ler. Um gosto que vinha da infância. Quando era pequeno, só concordava em ir para a cama se papai ou mamãe lessem para mim. Crescendo, mantive esse hábito. Eu fazia questão de um lugar só meu para a leitura. E tive de conquistar esse lugar. Nossa casa não era grande, porque meus pais não tinham muita grana, por isso eu dividia um quarto com meus irmãos. Instalei junto da janela uma velha poltrona, e aquele era meu refúgio. Lia até de madrugada, os dois reclamando da luz acesa. Depois eles entraram na faculdade (Medicina e Direito) no Rio, onde foram morar, e aí eu podia ler à vontade.

Voltando ao *Dom Casmurro*: nas primeiras páginas, não simpatizei muito com o personagem principal. Um cara com o apelido de *Dom Casmurro*, que fica sozinho depois de velho, um cara assim só podia ser um chato — essa foi a minha impressão inicial. Lembrava-me um vizinho que nós tivemos, o seu Noé, um viúvo rico e avarento que morava sozinho na enorme casa em frente da nossa. Dizia-

-se que tinha família, grande até, mas não permitia que os filhos ou sobrinhos o visitassem; achava que estavam de olho em sua grana. Dos vizinhos, então, ele não queria nem saber, o que era motivo de discussão em nossa casa. Meu pai detestava o velho, achava que ele merecia a solidão; mamãe, mais tolerante, ponderava que é difícil julgar as pessoas sem saber como elas são na realidade, o que pensam, as fantasias que alimentam.

Uma vez tive um incidente com o seu Noé, algo meio grotesco. A gente costumava sentar de noite num degrau da casa dele, o Vitório, eu e uns outros amigos; ficávamos conversando, cantando. Lá pelas tantas sentimos o traseiro molhado; o seu Noé despejara água pela fresta da porta (água ou coisa pior: o cheiro era meio suspeito). Nós ficamos furiosos, pensando em desforra, mas mamãe aconselhou-me a ver a coisa de outra maneira:

— Imagina esse homem deitado na cama dele, virando de um lado para outro sem conseguir dormir, ruminando coisas tristes. Aí ele ouve vocês rindo e cantando, e o que é que ele pensa? "Por causa desses garotos chatos eu não consigo dormir", é o que ele pensa, e aí resolve mandar vocês embora do jeito que ele sabe, molhando o traseiro de vocês...

É, talvez mamãe tivesse razão, talvez atrás de cada Casmurro se escondesse um sujeito triste. Seria o caso do personagem do livro? Bem poderia ser, e confiando nisso fui adiante na leitura. Fiquei comovido quando o personagem diz que, escrevendo, seu objetivo era "atar as duas pontas da vida e restaurar na velhice a adolescência". Ou seja: o cara era o *Dom Casmurro*, mas ele era também o Bentinho, o senhor maduro e o rapaz. Casmurro e Bentinho.

A maior parte do *Dom Casmurro* fala do Bentinho menino; já no terceiro dos pequenos capítulos o narrador está de volta à infância. De volta à infância e às voltas com um difícil problema, como a gente vê num diálogo entre a mãe dele, dona Glória, e o José Dias, agregado da família. José Dias apresentava-se como médico praticante da homeopatia, ou seja, não usava remédios comuns e sim outros, preparados de acordo com certos princípios, com os quais curara o feitor e uma escrava na fazenda do pai de Bentinho, em Itaguaí.

"Então meu pai propôs-lhe ficar ali vivendo, com um pequeno ordenado", diz o narrador. Oferta que José Dias em princípio recusa, mas depois muda de ideia: "Voltou dali a duas semanas, aceitou casa e comida sem outro estipêndio...". Ou seja, ficaria morando ali em troca dos serviços que prestasse. Quando da morte do pai de Bentinho, dona Glória pede a José Dias que continue na propriedade. "Com o tempo adquiriu certa autoridade na família."

É com esta autoridade que ele procura dona Glória para falar de Bentinho. Ao menos para a mãe, o destino do menino está traçado: ele vai para o seminário, de onde deverá sair padre. Isto por causa de uma promessa que ela fez, e da qual mais adiante tomaremos conhecimento: "Tendo-lhe nascido morto o primeiro filho, minha mãe pegou-se com Deus para que o segundo vingasse, prometendo, se fosse varão, metê-lo na igreja". Mas para que esta promessa se cumpra, avisa José Dias, "pode haver uma dificuldade [...], uma grande dificuldade".

A grande dificuldade tem nome. Chama-se Capitu.

Pois é, gente. É assim que a garota — garota mesmo: tem 14 anos, quase a mesma idade de Bentinho, que acabara de fazer 15 — entra na história. Como "uma dificuldade". Para dona Glória, o filho e a garota "são dois criançolas".

Não é o que pensa o José Dias. Ele procura dona Glória para cumprir, segundo suas palavras, "um dever amaríssimo", ou seja, um dever muito amargo. "José Dias amava os superlativos", diz o narrador, e explica: "Era um modo de dar feição monumental às ideias".

Com a ajuda dos superlativos avisa dona Glória que Bentinho e Capitu andam sempre juntos, "em segredinhos", e que, "se eles pegam de namoro, a senhora terá muito que lutar para separá-los".

Bentinho, que ouve a conversa, fica completamente perturbado. Não por causa da indiscrição de José Dias; por outra razão: "Com que então eu amava Capitu, e Capitu a mim?", ele se pergunta, assombrado. Dá-se conta de que o sentimento que o une a Capitu é exatamente isso, aquele amor descrito nos livros em palavras tão eloquentes. Começa a lembrar detalhes da convivência entre ambos: "Capitu chamava-me às vezes bonito, mocetão, uma flor; outras vezes pegava-me nas mãos para contar-me os dedos. E comecei a recordar esses e outros gestos e palavras, o prazer que sentia quando ela me passava as mãos pelos cabelos...". E conclui: "Pois, francamente, só agora entendia a emoção que me davam essas e outras confidências".

Então, ele ama Capitu... Então, Capitu o ama...

Confesso que fiquei com um nó na garganta lendo esta passagem. E fiquei com um nó na garganta por causa da simplicidade, da ingenuidade do Bentinho. Angelical Bentinho, santo Bentinho! Que contraste entre aquele menino e aquela menina do século XIX e as coisas que eu via todos os dias na tevê: a violência, a brutalidade, o sexo escrachado! E que contraste, também, entre o Bentinho de 15 anos e o *Dom Casmurro*, entre o menino ingênuo e o velho amargurado!

Àquela altura o livro parecia única e exclusivamente uma bela história de amor; nada fazia supor a traição. Cheguei a lamentar o fato de conhecer o final: melhor seria terminar a leitura por ali. Melhor seria se o Machado de repente dissesse: "... e então casaram, e tiveram muitos filhos, e foram felizes para sempre". Mas aí o título não poderia ser *Dom Casmurro*. E nem seria Machado de Assis, um escritor realista, quando não melancólico. O autor de *O alienista* preferia a realidade, por amarga que fosse, à narrativa água com açúcar.

De qualquer modo o texto fluía fácil, agradável. Claro, de vez em quando aparecia alguma palavra que eu não conhecia, mesmo porque o romance fora escrito no século XIX. Nada, porém, que eu não conseguisse deduzir pelo sentido da frase.

O fato era que o livro me mobilizava por completo. Eu não conseguia parar de ler, e até me perguntava a razão daquele fascínio. E aí me dei conta: em primeiro lugar, na maior parte da narrativa os personagens são jovens. Jovens do século XIX, certo, jovens que eu imaginava falando diferente da gente, usando roupas diferentes das nossas roupas, mas jovens, de qualquer maneira. Mais: jovens com sentimentos parecidos aos nossos, com emoções parecidas às nossas; claro que naquela época não havia pílula anticoncepcional, os costumes não eram tão livres (também não se usava tanta droga, nem havia Aids), mas de qualquer modo eu podia me identificar com os personagens, sobretudo com o Bentinho. Enfim, cada página do *Dom Casmurro* era uma surpresa, uma boa surpresa. Um mundo novo que eu estava descobrindo.

• • •

Tão absorvido eu estava na leitura que nem notei o tempo passar. Lá pelas tantas mamãe bateu à porta:

— Seus amigos estão ao telefone, perguntando se você esqueceu do encontro.

O encontro! Claro, tínhamos combinado uma reunião para ver o que faríamos em relação ao concurso. E o pessoal já estava no shopping me esperando.

O shopping de Itaguaí era, e é, modesto, comparado aos das grandes cidades (mas deve ser dos poucos que têm uma loja de moda feminina chamada *Capitu*); de qualquer modo, e como em outras cidades, era ali que nos encontrávamos depois da aula, para comer alguma coisa e bater papo.

Fui correndo até lá, entrei direto na pequena praça de alimentação e ali, numa mesa, estava a turma: Vitório, Nanda, Júlia. E, como se tivéssemos combinado — e de certa maneira nós tínhamos combinado —, cada um deles estava com um exemplar do *Dom Casmurro*.

Vitório me saudou com o entusiasmo habitual, Nanda me acenou, Júlia sorriu — aquele sorriso cujo significado eu nunca sabia interpretar direito, se era uma coisa formal, ou um sinal de cumplicidade.

Puxei uma cadeira, sentei. O pessoal estava conversando animadamente — sobre o livro, claro. Vitório insistia em que era preciso lê-lo como um advogado lê os autos de um processo, buscando provas a favor e provas contra. A favor e contra Capitu, naturalmente.

Ponderei que aquilo seria muito difícil:

— Porque o livro é muito bom, gente. Eu não li tudo, mas o que eu li me deixou entusiasmado. Mal pude interromper a leitura para vir aqui.

— Mas o Vitório não deixa de ter razão — ponderou Júlia. — Na verdade, a gente tem dois objetivos. Um é conhecer a obra do Machado de Assis, que, óbvio, é fabulosa. O outro objetivo é vencer o julgamento, é ganhar o prêmio, reconstruir a escola. Tarefa complicada, pessoal. A gente vai ter de se planejar muito bem.

Nanda, a quem admirávamos pela capacidade de organização, pediu a palavra:

— Eu tenho uma proposta. — Abriu o caderno: — Até escrevi aqui... São três etapas. Primeira etapa: ler o livro até o fim. Mas ler sem nenhuma opinião prévia, nenhum preconceito. Segunda etapa: depois de ler, a discussão. Objetivo: responder à pergunta "traiu ou não?". Vamos listar os pontos a favor das duas posições. Terceira etapa: conclusões. Precisamos chegar a um consenso. E este consenso será a base da nossa argumentação.

Muito bem pensado, mas àquela altura eu já estava me dando conta de uma coisa: a tarefa seria mais difícil do que imaginávamos. Se muita gente discutira, e continuava discutindo, o *Dom Casmurro* com opiniões contrárias quanto à suposta traição, como chegaríamos a um acordo, a um ponto de vista comum? Foi o que perguntei, um tanto receoso de bancar o desmancha-prazeres, de desanimar o pessoal.

Antes que alguém pudesse responder, um cara veio até a nossa mesa. Era um colega de escola, o Alípio, garoto baixinho, com pinta de safado, que estava sempre rindo e por isso recebera o apelido de Graçola. O Graçola, além de risonho, era fofoqueiro: sabia de tudo o que se passava na cidade. Perguntou se estávamos discutindo o assunto do julgamento de Capitu. Quando a gente disse que sim, ele olhou para os lados, inclinou-se em nossa direção e cochichou:

— Conheço um fulano que está trabalhando na organização desse concurso, lá em Santo Inácio. Não sei se vocês sabem como a coisa funciona, mas é assim: os concorrentes devem anexar um resumo da apresentação que vão fazer ao público. Pois este meu conhecido já deu uma olhada nos tais resumos e me garantiu que não há nada excepcional. Ou seja: vocês ganharão fácil, fácil. Barbada.

Olhou-nos, triunfante, e repetiu:

— Legítima barbada. E tem mais: se vocês quiserem, eu posso falar pro cara dar uma mãozinha pra gente: ele tem cinco amigos de confiança no júri.

Não gostei daquilo. Para dizer a verdade, não gostei nada daquilo, daquela “mãozinha”, que não me parecia muito limpa. Se era para competir, então deveríamos competir de maneira honesta, sem obter informações confidenciais, sem pedir ajuda a ninguém, muito menos a um cara metido. Vitório, pelo jeito, pensava a mesma coisa, porque agradeceu ao Graçola, dizendo que o nosso plano era outro. Depois que o garoto se afastou, ele nos olhou, sacudiu a cabeça:

— Esse cara tem muito que aprender, gente, tem muito que aprender... Mas então? Qual é mesmo o nosso plano? É esse que a Nanda expôs?

— Em linhas gerais estou de acordo — disse Júlia. — Mas quero propor uma modificação, Nanda. Você diz que precisamos chegar a um consenso. Talvez consenso seja difícil, afinal as nossas cabeças não são todas iguais, pensamos diferente em relação a um monte de coisas. Acho melhor fazer de outra maneira. Cada um lê o livro, analisa a história, dá sua opinião: traiu, não traiu. Se todos estiverem de acordo, se conseguirmos esse tal consenso, tudo bem. Se não, votamos. Decidimos democraticamente.

— Perfeito — concordou Vitório, encantado. — Você sabe das coisas, Júlia. Acho até que vou indicar você como minha candidata nas próximas eleições para o grêmio estudantil.

Riram, os dois. Ele a abraçou carinhosamente, beijando-a no rosto.

Não gostei daquela cena.

Não gostei nada daquela cena. Pareceu-me que Júlia correspondia ao abraço dele com mais entusiasmo do que devia. E que história era aquela de beijo, mesmo no rosto? Não, não gostei. Mas não disse nada; afinal, aquilo podia ser só uma manifestação de amizade. Além disso, não era o momento para comentários azedos.

Júlia, pelo jeito, não tinha percebido minha contrariedade, porque, quando nos levantamos dali, convidou-me para ir ao cinema do shopping. Mas eu, francamente, não estava a fim disso. Os dois se abraçando, o beijo... Aquilo tinha estragado o meu dia. Aleguei que tinha trabalho para fazer, que precisava ler o livro, e voltei para casa. Pelo menos encontraria consolo na leitura do Machado.

Moacyr Scliar era filho de um casal de imigrantes judeus russos e nasceu em Porto Alegre, em 1937. Estudou Medicina na Universidade Federal do Rio Grande do Sul, onde se formou em 1962. Especializou-se na área de saúde pública como médico sanitarista. Sempre conciliou sua carreira de escritor com a profissão de médico — a qual, assim como a influência da cultura judaica, é marcante em sua obra. Na década de 1990, deu aulas na Brown University e na Universidade do Texas. Em 2003, foi eleito para a Academia Brasileira de Letras. Autor premiado, ganhou 5 prêmios Jabuti. Entre os livros juvenis publicados pela Ática estão *Os cavalos da República*, *Ciumento de carteirinha* e *No caminho dos sonhos*. Moacyr Scliar faleceu em 2011.

Paulo Mendes Campos

Para Maria da Graça

Paulo Mendes Campos

Agora, que chegaste à idade avançada de 15 anos, Maria da Graça, eu te dou este livro: *Alice no País das Maravilhas*.

Este livro é doido, Maria. Isto é: o sentido dele está em ti.

Escuta: se não descobrires um sentido na loucura acabarás louca. Aprende, pois, logo de saída para a grande vida, a ler este livro como um simples manual do sentido evidente de todas as coisas, inclusive as loucas. Aprende isso a teu modo, pois te dou apenas umas poucas chaves entre milhares que abrem as portas da realidade.

A realidade, Maria, é louca.

Nem o Papa, ninguém no mundo, pode responder sem pestanejar à pergunta que Alice faz à gatinha: "Fala a verdade, Dinah, já comeste um morcego?".

Não te espantes quando o mundo amanhecer irreconhecível. Para melhor ou pior, isso acontece muitas vezes por ano. "Quem sou eu no mundo?" Essa indagação perplexa é o lugar-comum de cada história de gente. Quantas vezes mais decifrares essa charada, tão entranhada em ti mesma como os teus ossos, mais forte ficarás. Não importa qual seja a resposta; o importante é dar ou inventar uma resposta. Ainda que seja mentira.

A sozinhez (esquece essa palavra que inventei agora sem querer) é inevitável. Foi o que Alice falou no fundo do poço: "Estou tão cansada de estar aqui sozinha!". O importante é que ela conseguiu sair de lá, abrindo a porta. A porta do poço! Só as criaturas humanas (nem mesmo os grandes macacos e os cães amestrados) conseguem abrir uma porta bem fechada, e vice-versa, isto é, fechar uma porta bem aberta.

Somos todos tão bobos, Maria. Praticamos uma ação trivial, e temos a presunção petulante de esperar dela grandes consequências. Quando Alice comeu o bolo, e não cresceu de tamanho, ficou no maior dos espantos. Apesar de ser isso o que acontece, geralmente, às pessoas que comem bolo.

Maria, há uma sabedoria social ou de bolso; nem toda sabedoria tem de ser grave.

A gente vive errando em relação ao próximo e o jeito é pedir desculpas sete vezes por dia: "*Oh, I beg your pardon!*". Pois viver é falar de corda em casa de enforcado. Por isso te digo, para a tua sabedoria de bolso: se gostas de gato, experimenta o ponto de vista do rato. Foi o que o rato perguntou à Alice: "Gostarias de gatos se fosses eu?".

Os homens vivem apostando corrida, Maria. Nos escritórios, nos negócios, na política, nacional e internacional, nos clubes, nos bares, nas artes, na literatura, até amigos, até irmãos, até marido e mulher, até namoradas, todos vivem apostando corrida. São competições tão confusas, tão cheias de truques, tão desnecessárias, tão fingindo que não é, tão ridículas muitas vezes, por caminhos tão escondidos, que, quando os atletas chegam exaustos a um ponto, costumam perguntar: "A corrida terminou! mas quem ganhou?". É bobice, Maria da Graça, disputar uma corrida se a gente não irá saber quem venceu.

Se tiveres de ir a algum lugar, não te preocupe a vaidade fatigante de ser a primeira a chegar. Se chegares sempre aonde quiseres, ganhaste.

Disse o ratinho: "Minha história é longa e triste!". Ouvirás isso milhares de vezes. Como ouvirás a terrível variante: "Minha vida daria um romance". Ora, como todas as vidas vividas até o fim são longas e tristes, e como todas as vidas dariam romances, pois o romance é só o jeito de contar uma vida, foge, polida mas energicamente, dos homens e das mulheres que suspiram e dizem: "Minha vida daria um romance!". Sobretudo dos homens. Uns chatos irremediáveis, Maria.

Os milagres sempre acontecem na vida de cada um e na vida de todos. Mas, ao contrário do que se pensa, os melhores e mais fundos milagres não acontecem de repente, mas devagar, muito devagar. Quero dizer o seguinte: a palavra depressão cairá de moda mais cedo ou mais tarde. Como talvez seja mais tarde, prepara-te para a visita do monstro, e não te desesperes ao triste pensamento de Alice: "Devo estar diminuindo de novo". Em algum lugar há cogumelos que nos fazem crescer novamente.

E escuta esta parábola perfeita: Alice tinha diminuído tanto de tamanho que tomou um camundongo por um hipopótamo. Isso acontece muito, Mariazinha. Mas não sejamos ingênuos, pois o contrário também acontece. E é um outro escritor inglês que nos fala mais ou menos assim: o camundongo que expulsamos ontem passou a ser hoje um terrível rinoceronte. É isso mesmo. A alma da gente é uma máquina complicada que produz durante a vida uma quantidade imensa de camundongos que parecem hipopótamos e de rinocerontes que parecem camundongos. O jeito é rir no caso da primeira confusão e ficar bem-disposto para enfrentar o rinoceronte que entrou em nossos domínios disfarçado de camundongo. E como tomar o pequeno por grande e o grande por pequeno é sempre meio cômico, nunca devemos perder o bom humor.

Toda pessoa deve ter três caixas para guardar humor: uma caixa grande para humor mais ou menos barato que a gente gasta na rua com os outros; uma caixa média para humor que a gente precisa ter quando está sozinho, para perdoares a ti mesma, para rires de ti mesma; por fim, uma caixinha preciosa, muito escondida, para as grandes ocasiões. Chamo de grandes ocasiões os momentos perigosos em que estamos cheios de dor ou de vaidade, em que sofremos a tentação de achar que fracassamos ou triunfamos, em que nos sentimos umas drogas ou muito bacanas. Cuidado, Maria, com as grandes ocasiões.

Por fim, mais uma palavra de bolso: às vezes uma pessoa se abandona de tal forma ao sofrimento, com uma tal complacência, que tem medo de não poder sair de lá. A dor também tem o seu feitiço, e este se vira contra o enfeitiçado. Por isso Alice, depois de ter chorado um lago, pensava: "Agora serei castigada, afogando-me em minhas próprias lágrimas".

Conclusão: a própria dor deve ter a sua medida: é feio, é imodesto, é vão, é perigoso ultrapassar a fronteira de nossa dor, Maria da Graça.

Paulo Mendes Campos nasceu em 1922, em Belo Horizonte (MG). Colaborou em jornais como *O Jornal*, o *Correio da Manhã* e o *Diário Carioca*. Paulo foi também redator publicitário, funcionário público e tradutor. Lançou seu primeiro livro, *A palavra escrita*, em 1951. Fez parte de um grupo de escritores mineiros, entre eles Fernando Sabino e Otto Lara Resende, que escreviam para o suplemento literário da *Folha de Minas*. Suas crônicas estão presentes em 6 títulos da coleção *Para Gostar de Ler*. Faleceu no Rio de Janeiro em 1991.

Valéria Piassa Polizzi

O gato de livros

Valéria Piassa Polizzi

Com pose de esfinge e sentado no balcão da entrada da biblioteca, o gato observa o movimento. Três recepcionistas entregam e recebem livros enquanto universitários passam pela catraca, fazem consulta nos computadores e estudam debruçados sobre grandes volumes. Vez ou outra alguém se detém, sorri para o bicho, lhe coça a cabeça. Ele já faz parte do ambiente.

Mais um pouco e é hora da ronda pelas estantes. E o mascote caminha entre os livros com seu andar lânguido de pantera. Sorrateiro, se esconde em uma das prateleiras e, silencioso, aguarda que algum desavisado, ao retirar um exemplar, dê de cara com dois olhos intensos e longos bigodes de *nylon*. Quando consegue arrancar da vítima um grito assustado, há quem jure que o felino sorri de satisfação.

Outro passeio. Dono do recinto ele caminha entre pernas e cadeiras. De quando em quando se enrosca num tornozelo, as costas arqueadas a comichar. E se quer companhia não faz cerimônia. De

um pulo está sobre a mesa, onde concentrado estuda algum aluno. Ao lado do livro se estica. É todo insinuação. Até que vencida a presa lhe estende os dedos a lhe acariciar a barriga. Impossível resistir aos negros pelos brilhantes, bem tratados com horas de banho à língua. E completamente entregue aos afagos mansos como só os animais sabem se entregar, o bichano se delicia com o toque humano e misterioso vai treinando seu dono a dar e receber.

Engana-se, no entanto, quem crê que ele seja só preguiça. Um olhar mais a fundo em sua íris verde-água e se descobre que esse gatuno conhece Kafka, sabe de cor todos os verbetes do dicionário e aprecia poesia moderna. Quem precisa de botas em meio a tantos livros para ser levado tão longe?

Com as edições técnicas não tem paciência. Gosta mesmo é de literatura. Discute filosofia com Platão, conhece a história do povo brasileiro por Darcy Ribeiro e, quando o assunto é educação, prefere Paulo Freire. Não perde muito tempo com jornais e revistas, pois sabe que esses vêm e vão em dias, semanas, no máximo meses. Para sempre, tem convicção, só permanecem os livros. Passa horas nas estantes da direita, jornalismo literário. Mas o ápice de seu deleite fica ali mais para a esquerda onde volumes amarelados ocultam Tchekhov, Machado de Assis, Clarice Lispector, Cecília Meireles... Ah, com tão boa companhia, sem anos de solidão.

Mas nem só de intelectualidade vive o gato que também tem seu lado animal. A propósito, é ela. Uma gata. E nas noites de cio deixa a biblioteca para as ruas e com seu grito feminino clama por companhia. E depois de uma noite bem acordada, intenso prazer, volta para o aconchego. Nas manhãs frias se aninha em folhas quentes de jornal e sobre o emaranhado de letras e palavras sonha profundo. Nos dias abafados, entretanto, prefere a lisura refrescante das revistas e se esparrama pelas fotos coloridas.

Ao cair da tarde desperta preguiçosa. E enquanto o movimento é fraco as recepcionistas lhe enchem de mimos. Mas quando os estudantes começam a chegar ela volta a seu posto estrategicamente sentada sobre o balcão feito peça de arte. E com seu porte de rainha controla o movimento. Encara um e outro até que eles venham acariciá-la. E ela pisca lentamente os olhos claros, fazendo charme, modesta. Afinal, eles vêm buscar o que ela já sabe.

Valéria Piassa Polizzi nasceu em São Paulo, em 1971. Aos 16 anos, namorou um rapaz que conheceu em uma viagem. Dois anos após o término do namoro, em 1989, descobriu que era portadora do vírus HIV. Em 1994, viajou aos Estados Unidos e descobriu que havia estudos para novos tratamentos e que a percepção da doença era diferente. Ao voltar para o Brasil, recebeu dos amigos mais apoio do que imaginava e então decidiu escrever o livro que deu origem a sua carreira de escritora, *Depois daquela viagem: diário de bordo de uma jovem que aprendeu a viver com AIDS*, publicado pela Ática em 1997. A obra foi adotada em escolas de todo o país e ganhou traduções para vários idiomas. A autora se formou em Jornalismo e fez pós-graduação em Criação Literária.

Índigo

Dissecando leitores

Índigo

Certa vez um editor me perguntou quem é o meu leitor.

Fritei os miolos. Quem é o meu leitor? No fim, tudo que consegui responder foi um bom e honesto:

— Não sei.

Voltei para casa encafifada.

O leitor: esse fiel parceiro, caridoso e benevolente, que me salva dos micos e até hoje nunca me deixou falando sozinha. Mas quem é?

Nunca consegui responder essa pergunta. Leitores surgem em todos os tipos e tamanhos. Pode ser qualquer pessoa. No entanto... numa observação mais atenta, comecei a identificar algumas peculiaridades de leitores em geral. Desde então venho desenvolvendo um sistema classificatório.

Agora apresento o resultado da minha apuração até o momento.

Vale ressaltar que essa é uma pesquisa em construção. Novos tipos aparecem a toda hora, às vezes com dois ou três pipocando num único dia.

Leitor Gladiador

Ele abre o livro e gruda a capa da frente na capa de trás. Crau! Racha a coluna do livro. Aperta as orelhas do livro como um gladiador se atracando ao oponente. Se esbarra num trecho que lhe desagrada por algum motivo, soca o livro na mesa, no braço da poltrona ou na cabeça de alguém. Terminada a leitura, enrola o livro feito um churros e mete no bolso da calça. Ele come em cima do livro, derruba café, espirra nas páginas. Eu, particularmente, tenho o maior respeito por esse tipo de leitor. Observando o que ele faz com o livro, penso duas vezes antes de botar uma palavra no papel. Fico imaginando o que faria comigo, caso julgasse meu texto chato.

Leitor Atolado

Você pode achar que esse tipo de leitor não existe, mas eu conheço alguns. É o leitor que empaca num livro e fica. Terminada a leitura, imediatamente volta para a primeira página e começa tudo de novo. Relê o livro cinco, seis, sete vezes, pois o leitor atolado não consegue largar. É como se tentasse cavar o livro até chegar ao cerne da trama. O prazer se intensifica a cada releitura. Só se dá por satisfeito quando sente que se tornou dono da história. Então sim, conseguirá se afastar, bem devagarinho, e já com outro livro ao alcance da mão. De preferência, a continuação do primeiro.

Leitor Porco Mau

Ele se acomoda na cama do filho e diz que vai ler uma historinha. Pega um livro qualquer na estante. *Os três porquinhos*. Abre na primeira página e mostra a ilustração para a criança. Por saber a história de cor, não se dá ao trabalho de ler, já começa a contar:

"Era uma vez três porquinhos. O primeiro se chamava..."

Então percebe que esqueceu o nome do primeiro porco. Inventa. Diz que o primeiro porco se chamava Clóvis. Segue contando e se dá conta de que esqueceu como foi que os dois primeiros porcos escaparam das garras do lobo. Está ali, escrito no livro. Ele poderia muito bem ler, mas não. Ele está com preguiça de folhear o livro e encontrar esse trecho específico. Além do que, a criança está quase pegando no sono. O importante é não quebrar o ritmo. Por isso ele inventa.

Sem querer enfia um carneirinho na história. Diz que o segundo porco, que passou a se chamar Dorival, montou no lombo de um carneiro e fugiu.

A criança arregala os olhos. O leitor percebe o erro. Não devia ter metido um carneiro na história. Agora terá de encontrar um jeito de diluir o efeito do porco que montou num carneiro para escapar do lobo. E assim ele destrói, noite após noite, os clássicos da literatura infantil.

Leitor Banhista

O Leitor Banhista nunca teve a pretensão de ler, de fato, o livro que tem em mãos. O livro é só um acessório para fazer tipo de intelectual na areia da praia. Ele sabe que mais importante que a leitura é o momento em que fecha os olhos, joga a cabeça para trás e passa os dedos nos cabelos. Quem não conhece, pensa que o compenetrado leitor está meditando sobre o texto. Puro fingimento. Alguns conseguem dissimular tão bem que passam a impressão de que acabaram de ler um tratado de filosofia. O toque final é a maneira como enrolam o livro na toalha antes de dar um mergulho no mar, para espairecer. Tudo premeditado.

Leitor de Biblioteca

Talvez isso aconteça por ser um tipo raro, mas o Leitor de Biblioteca tende a se sentir em casa. Mesmo. Ele chega à biblioteca, pega um cafezinho e encosta no balcão. Coloca a conversa em dia, boceja, reclama, dá algumas ordens aos funcionários. Depois abre a mochila e espalha suas coisas pela mesa central. Celular, carteira, um caderno, um frasco de aspirina, uma garrafinha d'água, a boina encardida. Se algum usuário aparecer, ele fará questão de ajudar a recepcionar a pessoa. Não que ele vá auxiliar em alguma coisa. Ele acompanha o usuário, por onde esse for, feito uma velha tia silenciosa. Depois que a pessoa se vai ele retorna ao seu lugar. Nunca encontramos mais que um tipo desses por biblioteca. A exclusividade é um pré-requisito da espécie.

Leitor Caras e Bocas

Ele vive num castelo e, muito de vez em quando, pega um livro. São leitores que merecem nossa atenção por sempre nos mostrarem novas maneiras de se ler um livro. Em pé, com o cotovelo apoiado na lareira e uma garrafa de champanhe na frente. Dentro da banheira, comendo morangos. Numa capela, de vestido longo e flores na cabeça. Sentado numa pedra, debaixo do sol, com um cavalo branco parado ao lado. Sentado numa poltrona de vampiro, olhando para o infinito, com o livro encostado no coração. A julgar pela expressão dos rostos, são leituras inebriantes. Mas também pode ser efeito da champanhe.

Leitor Esbugalhado

Essa é uma síndrome típica de quem passa o dia lendo. Pesquisadores, doutorandos e tradutores sabem do que estou falando. Chega o fim do dia e ele está enxergando tudo embaçado, levemente vesgo e com uma sensação de sonolência misturada com tontura e lacrimação. O cérebro já não consegue formular pensamentos inteligentes. Só há uma solução: ligar a televisão e assistir à novela. Num segundo o cérebro relaxa e os olhos agradecem, aliviados pela visão de atores globais flanando numa história pastosa que caminha loucamente em direção a uma cascata de casamentos felizes no último capítulo. O cérebro gosta disso. Sente-se recompensado.

Leitor Palanque

Ele chega no balcão de lançamentos da livraria e dá uma olhada geral. Limpa a garganta e proclama, em alto e bom som:

— Vamos ver...

Pega um livro da pilha e declama:

— DOMANDO SEU EMOCIONAL!

Deixa o título pairar pela livraria para que todos ouçam. Não há como não ouvir. O Leitor Palanque sabe projetar a voz como ninguém. Em todo caso ele repete, só para garantir, agora com o subtítulo.

— DOMANDO SEU EMOCIONAL: como viver em harmonia consigo e com o mundo.

Comenta:

— Em harmonia consigo. Ah, pelo amor de Deus... Em harmonia consigo... Era o que faltava.

Bufa. Com um pequeno estrondo, larga o livro e escolhe outro.

— BILIONÁRIOS POR ACASO.

Solta uma gargalhada.

— Bilionários por acaso... Tá bom então, conta outra.

Joga o livro.

— O QUE SE PASSA NA CABEÇA DOS CACHORROS.

Faz uma pausa.

— O que se passa na cabeça dos cachorros? — Ele bota uma interrogação no final do título.

Daí ele mesmo responde. Vira o livro e explica — do alto do seu palanque — conforme está escrito na quarta capa.

Leitor em Crise

Muito se fala do escritor em crise, mas e o leitor, coitado? Quando um leitor entra em crise, o sofrimento é igual ou até pior que o do escritor. Geralmente acontece quando ele se depara com um livro que TEM QUE ler. Mas como ler se falta vontade? Se a pessoa não consegue se concentrar? Se não consegue sequer juntar energia para abrir o livro?

O Leitor em Crise só quer ligar a TV e esquecer o assunto. Não que ele vá encontrar algo interessante na programação da TV, mas a crise é tamanha que, quando vê, está assistindo a transmissão de um *reality show* em plena madrugada. O Leitor em Crise sabe que não vai acontecer nada — nada de nada — nas próximas horas. Alguns roncarão, outros cobrirão a cabeça com o edredom, outros ficarão olhando para o teto. No máximo alguém irá ao banheiro. O livro promete pelo menos alguns momentos interessantes. No livro tem história, e o esforço de um escritor que gastou neurônios elaborando a trama. O Leitor em Crise tem consciência disso. Ele já leu livros antes e sabe que podem ser legais, mas por algum motivo, não consegue. A crise é real, e o único remédio é esperar passar.

Leitor Condenado

Passada a crise, o leitor que foi condenado a fazer uma leitura obrigatória terá de superar a segunda etapa da condenação. Agora ele terá de resumi-lo, fichá-lo, estudá-lo e responder um questionário a respeito. Nessas horas é importante lembrar que o autor não tem culpa.

Autores não escrevem livros para infernizar a vida das pessoas. Eles fazem livros porque gostam, porque têm muito tempo disponível ou por não saber fazer outra coisa. Durante o processo de escrita eles nem sequer têm garantia de que seus livros serão publicados. E caso sejam publicados, que alguém vá querer ler. Isso tudo para dizer que autores não escrevem livros por maldade. Portanto, o melhor que o Leitor Condenado pode fazer é canalizar o ódio para algo produtivo. Pegue uma enxada, abra uma cova e plante uma árvore. O esforço físico ajuda a aliviar o sofrimento da leitura obrigatória. No fim, além de fazer um bem para a natureza, você não estrangulou ninguém, nem o autor, nem o professor ou a coordenadora pedagógica. E tudo termina bem.

Leitor Invasor

Ele chega quando você está na melhor parte do livro e começa a se contorcer.

Ignore.

Ele continuará se contorcendo até o momento em que não aguenta mais e pergunta:

"Que livro você está lendo...?"

A pergunta é sempre cantarolada. Feche o livro e mostre a capa. Retome a leitura o mais rápido possível, antes que ele interrompa novamente. Ele vai interromper.

"Posso dar uma olhada?"

Você, pessoa educada, entrega o livro. Ele lê a orelha, o primeiro parágrafo e não devolve, segue lendo a primeira página, vira e continua lendo a segunda, sem piscar. Acredite nos seus direitos e emita um hã-hãm. Geralmente eles entendem o recado e interrompem a leitura. Devolvem o livro. Ele só não consegue resistir ao impulso de comentar o que leu. Cuidado. É nessa hora que ele tende a soltar informações que podem arruinar sua leitura. Talvez conte o final. Talvez queira explicar a importância do livro no contexto da literatura universal. Pois saiba que sua maior arma é o próprio livro. Pegue-o de volta e meta uma livrada na cabeça do Leitor Invasor. Normalmente resolve.

Leitor Feliz

Ele não tem vergonha de ser feliz. Fica lá, esperando o ônibus com seu livrinho na mão e ri como se estivesse na sala de casa. São verdadeiros ataques de riso que duram um tempo. Não um risinho que escapou, mas gargalhadas. Ele pode até lacrimejar um pouco. Enxuga os olhos e continua lendo. O Leitor Feliz não repara em quanto tempo demorou para o ônibus passar, não nota se está cheio ou vazio, se o trânsito está lento. Vai lendo e se divertindo. As pessoas em volta consideram a atitude um pouco irritante. É um incômodo, aquela felicidade tão particular. Quase uma traição. No mínimo, um desprezo com os demais cidadãos.

Leitor Autolimpante

Seu cérebro é dotado de um mecanismo que apaga o registro dos livros lidos. O tempo de armazenamento do livro varia de acordo com a idade do leitor, mas normalmente em seis meses (ou até menos) todas as memórias do livro já foram eliminadas. Fica apenas um sentimento bem vago. O Leitor Autolimpante sabe, por exemplo, que gostou de determinado livro. Só não consegue explicar por quê. Por mais que se esforce, Leitores Autolimpantes não conseguem acessar informações relacionadas a trama, personagens, enredo ou sequer o estilo de escrita. Sabem apenas se gostaram ou não, sendo que, para eles, isso é suficiente.

Leitor Tradutor

Ele tem a habilidade de ler dois textos em um. Explico: ao ler um texto traduzido, automaticamente adivinha as palavras do original. Se a tradução é ruim o texto original praticamente se materializa na sua frente. Se a tradução é boa, a agonia é maior ainda, pois o Leitor Tradutor ficará doido para descobrir as palavras originais. Para esse tipo de leitor, o tradutor tem o mesmo peso que o autor. Inclusive, ele pode deixar de comprar um livro por ter antipatia pelo tradutor. Leitores Tradutores zelam pelo texto alheio, pela língua materna e pela transparência. No caso de estar lendo um livro em sua língua materna, portanto sem tradutores no meio, o pequeno tradutor de plantão arregaça as mangas do mesmo jeito. Conforme lê, já verte o texto para outra língua, para ver se funciona. Se não funciona, são boas as chances de ele amar o livro, relaxar e se entregar à leitura. Mas se a tradução for possível, coitado... a leitura tende a ficar bastante trabalhosa.

Leitor Degustador

Ele lê cinco ou mais livros ao mesmo tempo. Faz uma pequena pilha ao lado da poltrona, senta-se e elege o livro a ser lido de acordo com seu humor. Dos cinco, tem um que só lê em casa, outro que leva para a fila do correio, um terceiro que gosta de ler antes de dormir, um que está ali para dar embasamento ao primeiro da pilha e o quinto é de crônicas, para momentos em que deseja se distrair, sem se aprofundar num tema. É como uma tábua de queijos. Ele vai beliscando, satisfeito e eclético.

Leitor Sonolento

Para ele leitura é relaxamento. Depois de duas páginas as pálpebras pesam e o Leitor Sonolento cai em sono profundo. Há quem ache isso um desrespeito, mas eu me coloco no lugar do livro. Enquanto alguns livros são instrutivos e edificantes, há também os Livros Babá. Eles existem justamente para acompanhar o leitor até sua caminha e botá-lo para dormir. Compreendem que a leitura será breve e desatenta. No dia seguinte o Livro Babá continua no mesmo lugar, sem rancor, esperando de coração aberto. Ele sabe que o leitor teve um dia cansativo e fica até lisonjeado por ser escolhido naquela preciosa hora do descanso. Como todo bom livro, ele entende que, no fundo, sua função é conduzir o leitor para o mundo dos sonhos. Nesse caso, ele o faz literalmente.

Leitor Troglodita

Ele não tem critério. Caiu na sua mão, ele lê. Não importa o que seja: livro técnico, poesia renascentista, autor desconhecido, autobiografia de adolescentes que cantam e dançam, tese de doutorado que o autor conseguiu publicar e comercializar!, mangá psicografado; o céu é o limite. Esse tipo de leitor não tem preconceito. Não recusa nada, não desmerece ninguém. Se você lhe perguntar por que está lendo aquilo (independentemente do que seja "aquilo"), a resposta nunca muda. Porque todo livro tem alguma coisa para nos ensinar, seja uma receita de risoto ou uma profecia maia.

Pré-Leitor

Sua relação com o livro é visceral. Ele morde o papel, rasga as páginas, baba na capa, senta em cima, rabisca por cima do texto e estapeia a foto do autor. Pode chegar a comer páginas inteiras. Sei do caso de um Pré-Leitor que jogou o livro na privada e outro que o atirou para fora da janela do carro, quando a motorista não estava olhando. Dizem que para eles o livro é um brinquedo. Discordo. Para mim são indícios do tipo de leitor que virão a ser.

Leitor em Fim de Carreira

... até que chega um dia em que o corpo não aguenta mais tanta leitura. As letras começam a encolher e as frases teimam em saltitar loucamente pela página. A vista não acompanha. O cérebro pede uma trégua. O Leitor em Fim de Carreira tem um único desejo. Remoer o que já foi lido sem precisar digerir novos lançamentos. E assim grandes leitores vão se afastando do mundo dos livros. Com todo respeito e gentileza, eles pedem licença, agradecem pelos bons momentos e saem de fininho. Ligam para os netos e os convidam para uma visitinha. Quando você chega na casa do Leitor em Fim de Carreira, encontra uma caixa cheinha de velhos livros amarelados que foram separados especialmente para você. Aceite. É um favor que você faz a eles.

É como se levássemos um pedaço do velho leitor cansado para casa.

Índigo nasceu em Campinas (SP) em 1971. Formou-se em Jornalismo, e logo começou a publicar contos na internet. Pela Scipione, a autora publicou *Perdendo perninhas* e *Gagá: memórias de uma mente pirilampa*. Além de escrever, já dançou balé e lutou *kung fu*. Atualmente mora em uma chácara com o marido.

Marcia Kupstas

O livro de Lívia

Marcia Kupstas

O livro de Lívia salvou minha vida. Sempre vou acreditar nisso. Mesmo que já tenha se passado um ano e agora esteja tudo bem. Nós ficamos juntos, a gente ainda conversa sobre isso, e ela continua com as suas dúvidas. Ah, eu não questiono. Foi sim.

O livro. E Lívia. Salvaram a minha vida.

• • •

Era começo do primeiro ano na nova escola. Na E. E. S. G. do meu bairro tudo parecia estranho. Primeiro que só consegui vaga no vespertino, e isso trazia uma espécie de "atestado de vagabundagem". A maioria dos meus colegas com mais de 16 anos já trabalhava. Depois a Lívia apareceu na minha vida. Desde que a vi me interessei por aquela menina de cabelos vermelhos, quase sempre sozinha e sempre, sempre com um livro debaixo do braço.

A gente estava em turmas diferentes, o que atrapalhava uma aproximação. Não sou lá muito tímido, mas a cor exótica dos seus cabelos, os seus mistérios e seus livros acabavam me afastando. Fantasiava o momento especial em que acabaríamos nos falando, mas, depois de quinze dias de aula, nada. Nem um "oi" meio distante. Nem a chance de saber que tipo de leitura tanto a seduzia.

Até aquele dia.

O professor de Matemática faltou e, quando isso acontece na E. E. S. G., deixam a gente usar a quadra na aula vaga. Então lá fui eu compor o time de handebol. Sou péssimo com a bola, ainda bem que a arquibancada ficava sempre vazia, mas... logo naquele dia quem estava lá, entre meia dúzia de meninas?

Ela mesma, Lívia. Com um olho na quadra e o outro no livro aberto no colo.

Foi um sufoco, porque aí era eu quem ficava com um olho na bola e o outro nela, torcendo para a partida acabar.

Perdemos de 22 a 6, bateu o sinal de mudança de aula, os times saíram em disparada, tentei chegar logo à arquibancada, mas cadê a Lívia?

Da Lívia, nenhum sinal. Mas o destino escrevia nas estrelas! Pra minha imensa sorte, o que ficou bem visível na arquibancada foi o seu livro. Grosso, encadernado em capa vermelha, esquecido.

Catei o livro e fui até a sua sala. A professora Margarete já fazia a chamada. Pela vidraça da porta fechada conferi todas as carteiras, nem sinal dela. "Deve estar no pátio", pensei, mas lá só topei com os "vagaus" de sempre. Então me plantei na porta do banheiro das meninas, perguntei a uma garota que saía:

— Viu a Lívia? Do 1º B?

— É da minha classe — foi a resposta. — Está na sala, ué!

— Ora, impossível! Eu...

A garota me olhou feio, tipo "maluco e míope ainda por cima", e encabulei.

Voltei à quadra. "Se ela perceber que esqueceu o livro, ela volta", pensei. E esperei. Sentei no cimento, os minutos passaram, ela não apareceu. Abri o danado do livro. Era uma história bem estranha. Havia vários "tempos" e as coisas aconteciam na Realidade ou no Delírio ou na Imaginação. Depois de uns quinze minutos tentando acompanhar a aventura de um cara de óculos que combatia uns homens de roupa escarlate, desisti.

Então desisti mesmo de tudo. Só havia mais uma aula encerrando o período e resolvi voltar antes pra casa. Quem sabe, no dia seguinte, a devolução do livro de Lívia me deixava de bem com ela.

• • •

Mormaço, calor, irritação. Na porta da escola, numa decisão súbita, resolvi que não enfrentaria a ladeira (moro a sete quarteirões da escola). Parei no ponto de ônibus e logo veio um, vazio. Dei sinal, entrei. O ônibus pega a avenida principal, depois contorna a praça e sobe a ladeira. Bem no alto da ladeira está a padaria do meu pai, nossa casa é nos fundos.

Ainda estava na avenida, o ônibus parado no semáforo, ouvi uma pancada forte na porta de trás e outra na da frente. É costume de gente que não conhece direito o ponto ficar enchendo o motorista para abrir a porta no sinal. Não me assustei.

O susto veio quando uma mulher gritou. Vi o motorista voar pela porta, ele foi empurrado pra fora por um homem vestido de vermelho, que assumiu o volante. Virei e tentei falar com o cobrador, e na parte de trás do ônibus estava outro "cara vermelho", bloqueando a saída com seu corpo grandão.

Os dois eram loiros, de cabelos longos. Pareciam familiares, e isso os deixava mais assustadores. O ônibus tinha o quê...? Dez pessoas, no máximo? Um rapazinho novo, com a roupa amarela dos carteiros (e a cara tão amarela quanto a roupa). Uma, duas senhoras, a garota de óculos, um barrigudo de terno e gravata. O cobrador. Um casal de negros, de uns setenta anos, se abraçava feito namorados fora de idade. Um velho, sentado no banco atrás de mim, murmurava "não reaja... não reaja". Era comigo? Eu lá tinha cara de super-herói pra reagir a sequestradores malucos de condução pública?

O ônibus ia depressa. "Vou morrer", pensei. "Este louco vai matar a gente." Os ônibus do meu bairro são umas latas-velhas, mas aquele motorista era bom. Podia pisar a mais de 100 km/h e não perdia as curvas. Seu colega de roupa vermelha mal balançava, estava feito estátua, guardião da porta. Todos nós, passageiros, estávamos assim meio abobados com a velocidade: não lembro de ter ouvido grandes choradeiras, só das palavras do velho, que parecia em transe, "não vá reagir... não vá reagir...".

• • •

Sei que chegamos porque o veículo parou. Não recordo exatamente de que jeito desci do ônibus, lembro que carregava o livro, porque ele me parecia incômodo, pesado. Nem de como andei (andamos) até um casarão. Era vagamente familiar, com torres e vidros esverdeados nas janelas. Quando ia ao centro da cidade via um casarão antigo, ocupado, acho, há mais de quarenta anos por uma repartição pública qualquer, mas não podia ser aquele!

No momento em que entramos, os vidros estavam brilhantes, havia lustres de cristal no teto e pela janela víamos o rio que margeava a propriedade, mas não era o atual rio poluído que inunda a avenida no verão, era uma paisagem de águas lisas, refletindo o pôr do sol.

Ficamos pouco tempo sozinhos naquele salão amplo. Do alto de uma escada surgiu um homem sorrindo de maneira irradiante, bondosa. Então me enfureci. Pensei: *É igualzinho ao sorriso de tia Valéria*. E aqui vale a pena explicar quem é a tia Valéria.

Irmã mais moça de meu pai, enviuvou dois anos depois de casada. O falecido tinha um seguro da empresa e ela ficou bem de vida. Nunca mais se casou e virou uma espécie de Tia Generosa e Protetora dos Sobrinhos. Quando fazia visita, colocava um riso de felicidade imóvel na cara e perguntava: "Hoje você fez o Bem? Foi um bom menino?". Se gostava da resposta, sempre vinha com um dinheiro ou uma lembrancinha. Se não, respirava fundo (nunca desmanchava o sorriso) e ia embora. Tinha por ela um misto de inveja, raiva e bajulação. E dessa mistura de sentimentos o que restava era a humilhação por minha covardia, de responder de acordo com a vontade dela, só pra receber um agrado.

O homem não parecia do tipo que ia nos dar presentes.

— A viagem foi boa, fico feliz. Sempre ficamos felizes quando um grupo como o de vocês consegue chegar até nós sem lamentações, sem tristezas. Posso conferir os nomes?

Podia não gostar do sorriso dele, mas o homem me fascinava. Usava um chapéu de pedras coloridas e, conforme andava, o chapéu refletia os lustres: ora ficava amarelo, ora azulava brilhante feito uma coroa.

— Antônio Gonçalves? — caminhou até o cobrador.

O rapaz abaixou os olhos, o chapéu exibiu luzes rosadas. Devagar, o velho pegou nas suas mãos:

— Antônio, não fique triste. Acalme-se.

Fez um gesto e uma moça surgiu no alto da escada. Vestia uma longa roupa cor-de-rosa, desceu os degraus, pegou no braço do cobrador e sumiu com ele por um corredor.

O estranho sabia muito bem o nome de cada um e prosseguiu na chamada. Seu chapéu-de-cores-mutantes brilhava com mais ou menos intensidade, e as garotas logo estavam vestidas com a mesma cor que aparecia no chapéu e seguiam com o passageiro pelo corredor.

Fui o último. Nossos olhares se cruzaram. Por um instante, voltei no tempo e agi igual ao que fiz com tia Valéria. Teria uns dez anos e, quando ela perguntou "você fez o Bem?", inventei as barbaridades, desfiei a lista de crueldades, falei, falei sem parar até ter o prazer de desmanchar seu sorriso. Pela primeira vez eu a vi revelar a verdadeira natureza: ela e seu olhar feio, a branca pupila me encarando sem a máscara da expressão piedosa.

Foi o que aconteceu entre mim e o Velho. Seu chapéu não ganhou cor alguma, ficou só um chapéu de pedras opacas. Enfim, murmurou meu nome, "Marcos Coelho", tentou tocar em minha mão. Não deixei, ergui o livro na minha frente como um escudo. Ele fez um sinal e a moça que o acompanhava segurou no meu braço. Olhei pra ela, não podia ver coisa alguma, todo seu corpo e rosto estavam cobertos por algo assim parecido com gelatina sólida, mais ou menos transparente, semivisível. Seguimos pra dentro do casarão.

• • •

Havia uma nova sensação: curiosidade. Caminhávamos por um corredor de sonho, desnivelado, estreito e muito, muito longo. Seu rosto continuava invisível, como seria ela? Acreditei que era jovem, assim da minha idade. Paramos diante de uma porta. Sua mão pálida saiu do meio da gelatina e destrancou a chave. Indicou com um gesto para que eu entrasse. Mal entrei, trancou a porta atrás de nós.

O lugar me pareceu, naquele instante, uma fiel reprodução de um quarto da infância, quando dormi na casa de fazenda de uma tia. A mesma cama alta, travesseiros recheados de penas de gansos, um acolchoado também de penas, lençóis bordados. Tive sono... me joguei naquela maciez toda... muito sono... Tentei me acomodar nos lençóis e um volume grosso me atrapalhou. Era o livro! Apertei sua capa contra o estômago. Passou pela minha cabeça que, se aquela era a cama da casa de fazenda, Lívia não deveria estar ali.

Senti um arrepio intenso, um choque elétrico correu por minhas veias porque, naquele instante, tive certeza de quem era a pessoa semicoberta pelo plástico leitoso.

— Lívia! — gritei seu nome.

O plástico pareceu se derreter, revelando o familiar rosto de Lívia, bem sobre o meu, na cama.

— Você não pode se apegar a coisas antigas, Marcos. Tem de ver o novo, o futuro. Seria mais fácil se não tivesse ficado com raiva do Mestre. Agora você saberia.

— Saberia? Saberia o quê? — perguntei.

Então comecei a ouvir a música. A música delicada da caixinha de joias da minha bisavó, herança que mamãe guardava a sete chaves e só abria nos Natais, concessão feita pela data. Era a mesma música. De dentro saía uma bailarina, que girava devagar sobre os próprios pés, um giro eterno no mesmo lugar. Olhava aquilo absolutamente fascinado...

Como olhava agora aquela Lívia dançar. O corpo se coloriu com o mesmo rendado azul da roupa da bailarina e ela girou devagar em direção à porta, passou por uma mínima brecha, rodopiando mecânica e delicadamente pela fresta... num estado de sonho, hipnotizado e mudo, reparei que a chave girava solta no cadeado, como se também fosse uma bailarina.

Eu a segui.

• • •

Não havia lógica em escorregar pela brecha estreita da porta, não entendo como fiz isso, mas saí atrás dela para o corredor! Entramos no mesmo salão de antes, mas decadente, com paredes esverdeadas de mofo e fios elétricos desencapados no teto, substituindo o lustre magnífico. Era como se em minutos o casarão envelhecesse oitenta anos!

Sentei numa cadeira de espaldar alto. Engoli seco, de novo a familiaridade: tia Valéria tinha cadeiras desse tipo em sua sala, com assentos de veludo vermelho; pareciam tronos incômodos, monstruosos e de madeira entalhada.

Escuridão. A única luz vinha da Lívia-bailarina, ainda rodando em giros cada vez mais lentos. A música metálica que a acompanhava também diminuía, como se a corda da caixa de música se esgotasse. Ela girou mais uma vez... outra... Um baixo e rouco "clanc" de trava de relojoeiro pôs fim ao seu bailado. Contudo, continuou iluminada igual a uma lanterna, o rosto estático em um quase sorriso, os olhos abertos e fixos, uma mão pra cima em gesto elegante, a outra apontando pra mim.

A luz surgiu de outros pontos no salão. Vinha de rostos diluídos em névoa: os dois homens de vermelho, as moças das roupas de plástico e as pessoas do ônibus. Flutuavam diante de mim, a uma distância impossível de precisar, todos imóveis como máscaras africanas (tia Valéria também tinha máscaras que enfeitavam suas paredes), mas em uma distribuição de tribunal. Neste jogo recorrente de memória, lembrei de um desenho animado, em que um fulaninho qualquer era julgado por seres fantásticos e eles se distribuíam em torno do réu.

Sou isto, um réu? Um acusado, julgado, por quê?, pensei. Senti o gosto azedo na boca, não era azia ou algo físico, era medo? Ou raiva? Isso, era raiva! Dos passageiros do ônibus, tão inertes, tão passivos. Resolvi atacar. Esperando que a voz saísse firme e sem gaguejo, gritei:

— O que vocês querem comigo? Por que a gente está aqui? Vamos embora, pessoal! Deixa esse bando de maluco aqui e vamos embora!

O casal de negros riu! Vi suas bocas abrirem e fecharem, mas sem som! Eles pareciam se divertir, como se eu cometesse uma gafe, dissesse algo tão absurdo, assim igual a um garoto que tenta convencer um velho a andar de skate, por exemplo, porque "é moleza". Ideia tola, mas tive certeza de que todos ouviram essa ideia!

O riso contagiou a garota de óculos, a mulher com o pacote, o homem de terno, todos riam, riam... dentro de minha cabeça!

— Por que vocês estão rindo? — gritei de novo. — Isso é uma piada? O que está acontecendo?

Num abrir e fechar de olhos, todos os rostos iluminados, todos os passageiros, os homens-vermelhos, as moças, todos, tinham agora o rosto de Lívia. A luz focou então o Mestre. Ele transmitiu uma sensação de paciência, de conformismo, como se suspirasse com a mente. Isso ecoou alto na minha cabeça (acredito que na de todos) e "calou" qualquer tentativa de humor.

O Mestre permaneceu flutuando no alto da parede, ou nuvem. Ou sombra. Ou Luz. Como se não soubesse o que fazer comigo.

— Mestre... — uma voz feminina e comum, que parecia vir da Lívia-bailarina e de todas as moças. — Ele não vai se acostumar. Ele vai sofrer muito.

— Outros também sofrem — "disse" o Mestre. — E se acostumam.

— O sentimento dele é muito forte. Muito terreno — de novo, "as moças".

Pensei: *Sentimento terreno? Conheço isto?*, e num fragmento de instante, um piscar de olhos... senti. Tudo. Todas as sensações e sentimentos que me acometeram desde que a "aventura" começou: a alegria em descobrir o livro esquecido, a decepção por não ver Lívia na classe, o desconforto com o calor, a surpresa com a invasão do ônibus, a irritação em identificar o sorriso-tia-Valéria no Mestre, a curiosidade, a sonolência no quarto e afinal...

O outro sentimento, o pânico, a absoluta certeza de que nunca mais sairia dali. Apertei o livro, sempre ele, meu companheiro, meu escudo, meu objeto sólido a isolar o irreal da realidade. Então eu o vi. Um único rosto, opaco diante das luminosidades de lívias-sorridentes. Normal em sua tristeza. Era o carteiro de roupa amarela. Com toda a força que reuni nos pulmões, gritei pra ele:

— Vamos embora, cara! A gente nem devia estar aqui!

Comecei a tossir. Mais esta, agora! Fumaça? Os rostos se diluíram em névoa branca. O que mais faltava acontecer? Virei o rosto, pensei ter visto uma boca aberta em risada, as gengivas avermelhadas. "É o homem negro? Assim perto de mim?"

Tossi mais. Tentei mover a perna, veio a dor. Dor canalha, forte igual quando a gente cai de joelho em cima de pedregulho. Fechei e abri os olhos, enxerguei um teto de metal encardido. Tentei mudar de posição...

O rosto sorridente de um homem negro me arrepiou inteiro. De sua cabeça escorria um filete de sangue, e no peito uma mancha vermelho-escura indicava o local por onde a ponta de ferro penetrara. Morto.

Vozes. Em seguida as vozes se misturavam ao som de sirene e gemidos. Percebi depois que eram os meus gemidos.

— Ei! Tem mais um aqui! Traz a maca! — gritaram.

— Quem?

— O rapaz de camiseta de escola... depressa!

— Mas ele está morto! Eu conferi. Não tinha pulso.

— Agora tem. Corram aqui.

Meu ângulo de visão foi invadido por um forte rosto moreno, com uniforme cinza dos bombeiros. "Você está bem, garoto? Garoto, tudo bem?", era comigo que falava. A dor. A dor aguda, real, me cortou de um lado a outro do peito. Pude reconhecer os bancos do ônibus, vi de relance um homem de paletó (cabeça tão pra trás que só podia estar morto) carregado em maca.

Achei que tudo ia escurecer de novo. "Não... naquele lugar não... Lívia!", eu "gritei", como se fosse possível gritar dentro dos pensamentos. Apertei o objeto que mantinha sempre grudado ao corpo, era o livro de capa vermelha.

Antes de me apagar na noite, ouvi outros gemidos, outras vozes:

— Tragam outra maca! Tem mais um vivo aqui!

• • •

Foram dias de névoa no hospital. Tive uma concussão na cabeça, um joelho deslocado, queimaduras nas costas, duas costelas trincadas... E muita sorte: entre cobrador, motorista e os 9 passageiros que estavam no ônibus na hora do acidente, apenas eu e mais um sobrevivemos.

— O outro que sobreviveu foi o carteiro? — revelei a maior surpresa quando me contaram. — E o pessoal do casarão?

Claro que ninguém entendeu. Eu falava sobre os homens vermelhos, o Velho do chapéu, as lívias, mas as enfermeiras e os médicos tomaram essas confidências por conta da "intoxicação pela fumaça". Toleraram meus devaneios e cuidaram de mim: eu sobrevivera "por sorte". Como também foi pura sorte a sobrevivência de um livro de capa vermelha, que ficou no meu colo e foi levado comigo ao hospital.

A notícia do acidente chegou logo à escola, recebi visitas assim que saí da UTI. O livro me deu a chance de fazer a devolução pessoalmente e, uma semana depois da internação, foi Lívia quem me apareceu à porta do quarto.

Linda, linda como eu a vi no meu delírio. Ficamos apenas nos olhando, por um bom tempo. Afinal, estendi o livro pra ela.

— Você leu? — ela perguntou, depois sorriu. — Que pergunta, é claro que não! Com o acidente e tudo mais...

— A história é legal? — perguntei.

Tinha de puxar assunto, eu lá queria saber do enredo quando estava com aquela garota linda do lado? Ela sentou na poltrona das visitas e começou a me contar a história.

Senti que empalidecia, que meu estômago embrulhava, que a testa se enchia de um suor frio e grudento, mas não deixei que percebesse ou que parasse de contar. A história tinha guerrilheiros com roupa vermelha, um casarão antigo que concentrava uma antiga seita da morte, havia um mago de chapéu multicor, e o destino das pessoas era decidido com as cores adequadas daquele chapéu.

— E... e o que acontece com o herói da história? — consegui perguntar, agarrado de medo aos lençóis, os nós dos dedos até brancos pelo esforço que fazia. — Ele morreu?

— Não. O amor o salvou. Ele não aceitou o destino do chapéu, quis voltar por causa da mulher que ele amava.

Olhei pra ela, olhar fixo, decidido, quase alucinado. Falei:

— Eu te amo, Lívia. Agora eu sei, eu voltei por você.

• • •

Estamos juntos até hoje. Conversamos muitas vezes sobre aquele dia, os seus mistérios. Ela jura que estava na classe, que nunca saiu de lá. Por que não a vi? Por que resolvi voltar antes pra casa, pegar ônibus? Mistério.

Igualmente misteriosa é minha aventura seguir com tanta semelhança ao enredo de seu livro, que mal folheei. É como se tivesse de concretizar aquela fantasia literária. De alguma forma meu inconsciente me levou a viver na imaginação e permaneci vivo pela curiosidade, suportando as dores do acidente, a intoxicação, a espera por ajuda...

Havia ainda uma coisa. Pra prosseguir no destino, sentia que tinha uma obrigação. Uma semana depois de receber alta, procurei pelo carteiro. Morava num bairro distante, convalescia de queimaduras leves, passava bem.

Conversei com ele. Como era sua vida? O que lembrava do acidente? Disse que se viu numa casa grande, parecida com a prefeitura de sua terra natal. Também teve "um sonho" com um quarto, idêntico ao da casa da sua avó. Tudo tão semelhante ao meu caso, mas por quê? Antes que perguntasse, ele se adiantou em minha resposta:

— Tinha uma moça bonita no sonho. A moça que mais amo no mundo. Vou voltar pra minha terra e vou casar com ela, Marcos. A gente não sai vivo de uma coisa dessas se não tiver um motivo.

Será? Posso ter sido ajudado não pelo livro, mas pela menina dona dele? Realmente sobrevivemos porque desejamos tanto realizar nossas vidas e nossos sonhos que, como quisemos voltar, eu e o carteiro retornamos à vida?

Não sei.

O que sei hoje é que sou normal. Namoro Lívia, estudo. E tenho meu mistério. Que nem é bom comentar muito...

Senão, chamam a gente de louco.

Marcia Kupstas nasceu na cidade de São Paulo (SP), em 1957. Seu fascínio pela leitura é resultado das histórias que ouvia dos pais e dos avós na infância. Em 1982, formou-se professora de língua portuguesa e literatura pela Universidade de São Paulo. Em 1986, publicou seu primeiro livro, pelo qual recebeu o prêmio de revelação do Concurso Mercedes-Benz de Literatura Juvenil. Outros prêmios vieram desde então, entre eles um Jabuti. Hoje, Marcia tem mais de cem obras publicadas e, pela Ática, seus livros integram uma série para jovens. Entre os principais títulos desta série estão *Crescer é perigoso* e *Evocação*.

Ivan Jaf

O caçador de livros

Ivan Jaf

A ti mesmo te impões infinitos desejos e temores.
Epicuro

Ano 2067. 5:00. Gabriel é acordado pelo *chip* cerebral. Veste o manto negro de sua confraria religiosa, os Caçadores de Livros, toma seus dois comprimidos alimentares, abre a janela e vê a Estrela Sagrada despontando atrás das Torres Sul. Respira fundo. Faz sua prece da manhã. Pede ao Senhor que o ampare em mais uma viagem ao passado.

Ele tem 35 anos e trabalha para o Departamento Estatal de União e Salvação. Sua confraria é a responsável por viajar ao passado e eliminar livros considerados hereges pelo Templo. É um especialista em Antiguidade clássica. Sabe latim e grego. Conhece filosofia, literatura e mitologia pagã greco-latina.

Desde que a Cápsula Temporal foi criada, em 2053, o Departamento a usa para mandar caçadores de livros ao passado e eliminar as obras literárias que contrariam a Sagrada Doutrina Unificada. Para o Templo, censurar e queimar livros heréticos no presente é como cortar ervas daninhas sem arrancar as raízes, elas acabam brotando novamente. As raízes das heresias, do paganismo, do politeísmo, da magia, do Iluminismo, da alquimia, do racionalismo, do ceticismo e de todas as ideias contrárias à verdadeira Fé estão no passado. Se forem exterminadas lá, não brotarão agora.

A confraria de Gabriel já havia feito um belo trabalho em relação ao Iluminismo. Em uma série de viagens ao século XVIII conseguiram eliminar todas as primeiras edições de livros de Voltaire, Diderot e Montesquieu. Agora estavam viajando a um passado mais remoto, tentando extirpar as raízes mais profundas do paganismo politeísta.

Gabriel e um companheiro foram responsáveis pela maior façanha de extermínio da literatura herege até agora: o incêndio da biblioteca de Alexandria.

A cidade de Alexandria foi capital do Egito e centro comercial do Mediterrâneo. Ali, trezentos anos antes do profeta Jesus, fundaram uma biblioteca que reuniu todo o acervo das culturas grega, latina, babilônica, egípcia e judaica. Ela chegou a ter setecentos mil rolos de papiro e pergaminhos, etiquetados e armazenados segundo um sistema inventado por um de seus diretores: a ordem alfabética. A imensa maioria desse acervo era pagã, obras heréticas de filósofos e escritores gregos, e livros "sagrados" de babilônicos e egípcios. O local estava infestado de estátuas e altares para cultos de divindades como Osíris, Ápis, Serápis e Mitra.

Em 2060, Gabriel e seu amigo voltaram até o ano 48 antes de Jesus e, aproveitando um combate entre as tropas do imperador romano Julio César e a cidade, colocaram fogo em grande parte da biblioteca de Alexandria, destruindo para sempre uma quantidade enorme de papiros. Com o passar do tempo, cristãos, judeus e muçulmanos se encarregaram de queimar o que sobrou daquelas obras ditadas pelo demônio.

6:30. Gabriel sobe pelo elevador magnético até o nível 145 da Torre Oeste, o prédio do Departamento. É recebido pelo próprio mestre da confraria e trancam-se num claustro. Para evitar inconfidências, o caçador só é informado sobre sua missão minutos antes de partir:

— As informações detalhadas estão sendo enviadas para o seu *chip* cerebral neste momento. Você irá ao ano 1417, para o que hoje é a Alemanha central, entre o Reno e as montanhas de Vogelsberg. Terá de entrar na biblioteca da abadia de Fulda, roubar e queimar um manuscrito raríssimo chamado *De rerum natura*, do poeta e filósofo latino Tito Lucrécio Caro. Esse livro será encontrado no final de janeiro por um humanista e copista italiano do século XV chamado Poggio Bracciolini, que o mandará para Florença, onde será copiado muitas vezes e se espalhará pela Europa, levando mensagens altamente heréticas e demoníacas. Pouco depois Gutenberg e sua maldita invenção farão o materialismo desse Lucrécio e de tantos outros se multiplicar como uma praga. Vá. Você não tem muito tempo. Nossos pesquisadores acabam de descobrir esse livro e, neste momento, há 650 anos, o tal Poggio está a caminho da abadia. Ele não pode encontrar o manuscrito de Lucrécio. Temos de impedir que faça cópias. Queime-o. Boa viagem. Que o Senhor o acompanhe.

• • •

Ele espera passar o entorpecimento do corpo acessando as informações em seu *chip* cerebral. Está escondido, encostado em uma parede de troncos, abrigado da neve por um grosso toldo de cânhamo. Atrás dele um ferreiro trabalha em sua bigorna. Ao longe vê a estrada de terra cortar o alto de uma colina e as duas torres da abadia de Fulda. À direita, a poucos metros, a casa do ferreiro. Gabriel se esgueira até lá.

Uma mulher gorda cozinha. Num alpendre, roupas em um varal. Ele escolhe algumas. É sempre a primeira providência: vestir-se de

acordo com a época. Leva também um bastão de osso, comprido como uma bengala. É uma arma, e ao mesmo tempo ajudará a compor o personagem: um peregrino católico.

A neve para de cair. A estrada está movimentada. Funileiros, amoladores de faca, camponeses, mercadores de lã... todos em direção ao mosteiro. Ninguém estranha um peregrino a caminho do santuário nem que ele só fale latim. Veio de longe. Do alto da colina avista a abadia. Um edifício imponente, as três naves separadas por colunas, os muros altos. Muito parecida com a Basílica de São Pedro, em Roma. As duas torres altíssimas, com a cruz negra na ponta dos pináculos, o emocionam. Desde o começo a religião sempre procurou se aproximar do céu. Dali a seis séculos os Templos estarão em coberturas de edifícios espalhados por todo o planeta, a mil metros do chão.

Caminha pela avenida cercada de árvores na direção do pesado portão de madeira. Apresenta-se ao monge que o recebe. Falar latim o distingue dos artesãos e camponeses. É tratado como uma pessoa superior. Explica que veio rezar junto aos ossos de são Bonifácio, o fundador do mosteiro, como tantos peregrinos o fazem.

Segue o monge pelo labirinto de corredores de tetos abobadados e átrios. Pelos janelões e vitrais, vê a neve que volta a cobrir os campos em volta, os celeiros cheios de palha, cavalos comendo aveia no estábulo, galinheiros, porcos do tamanho de javalis, ovelhas num grande cercado, o alto moinho...

Dobram à direita, entram em uma construção perpendicular, o transepto, que forma com a nave central uma cruz, descem por uma escada de pedra sombria até uma cripta. À luz de velas, Gabriel ajoelha-se diante dos ossos de são Bonifácio e faz uma prece comovida. Sua emoção é verdadeira. Depois da Grande União Monoteísta, agora o Templo admite o culto aos santos.

Pergunta ao monge se poderia conhecer o abade. Enquanto espera a audiência, come uma farta refeição regada a vinho rascante e descansa num catre, em um claustro de pedras úmidas.

O abade fala latim vulgar e se impressiona com o latim clássico do peregrino romano. Gabriel pede para visitar a biblioteca. É apresentado ao bibliotecário, que também fala latim, e este o conduz a um grande salão com janelas de vidro, o *scriptorium*. Cerca de trinta monges, cada qual em sua pequena mesa, copiam manuscritos pousados em leitoris, cercados por penas, tinta, pesos, facas. O silêncio é absoluto.

O bibliotecário o leva até sua grande mesa de carvalho e passa ao visitante um grosso volume, preso à escrivaninha por uma fina corrente de ferro. É o catálogo. O bibliotecário vai cuidar de seus afazeres. Gabriel começa a folhear o catálogo tentando controlar os batimentos cardíacos e o tremor das mãos.

É uma lista de obras raríssimas. Aqueles mosteiros medievais isolados acabaram conservando obras que quase por milagre haviam escapado da destruição da biblioteca de Alexandria, da queda do Império Romano, das fogueiras monoteístas, do tempo, do fogo, da água e das traças. O monoteísmo havia fechado escolas, bibliotecas públicas e academias. O único livro em circulação devia ser a Bíblia. Apenas os mosteiros se interessavam por outros livros. Não para serem estudados. Não, a curiosidade era um pecado mortal, punido com chibatadas. Os livros só existiam nos mosteiros para que a regra da exigência de leitura e escrita fosse cumprida. Eram apenas exercícios de disciplina. A curiosidade levava ao inferno.

Manuscritos esfarrapados de quinhentos anos, cópias de livros de mais de quinze séculos, usados como exercício de escrita, conviviam lado a lado naquelas estantes com missais, manuais de confissão e obras teológicas. O pensamento de homens sobrevivendo milhares de anos depois que seus corpos viraram pó. É como se os livros fossem caixas onde o espírito pudesse ser armazenado e se tornasse quase imortal. Muitos daqueles são um perigo para a Fé. Precisam desaparecer.

Gabriel não tem tempo para filosofar. Neste momento o latinista Poggio Bracciolini pode estar batendo no portão da abadia! Percorre a lista com os olhos atentos, a ponta do indicador passa por obras como um poema épico de 14 mil versos sobre as guerras de Roma e Cartago; um tratado de astronomia escrito durante o reinado de Augusto; um tratado de gramática em que um crítico da época de Nero cita épicos desconhecidos, tão importantes quanto os de Homero e para sempre perdidos; uma história do Império Romano... até finalmente encontrar... *De rerum natura, Da natureza das coisas*, de Tito Lucrécio Caro!

Segundo os pesquisadores do Departamento, aquela é a única cópia que restou. Hora do caçador entrar em ação. Pede ao bibliotecário para ver cinco livros. Pouco depois está com eles nas mãos.

Passa algumas horas folheando-os, fazendo anotações, copiando trechos, esperando que o bibliotecário o esqueça. Num movimento imperceptível, *Da natureza das coisas* passa para dentro de suas roupas. Mais um pouco de anotações e Gabriel levanta-se, deixando quatro livros sobre a mesa, agradece muito ao bibliotecário e vai embora.

Agora é o momento mais difícil. Caminha pelos corredores, tentando não se perder nos labirintos. O bibliotecário pode ter devolvido os livros à estante, pensando em outra coisa, ou pode ter notado a falta de um deles. Questão de sorte. Consegue chegar à nave central. Mas é nela que acaba se perdendo. Quando se dá conta que já passou duas vezes pelos mesmos janelões que dão para o estábulo, escuta o grito, volta-se e vê o bibliotecário vindo em sua direção. Entra em uma sala. O bibliotecário o segue. Ele o acerta na cabeça com o bastão de ossos. Entram dois monges. Ele também os abate a bastonadas, mas um deles tem uma faca e Gabriel leva um corte no braço. Os gritos atraem outros monges. Gabriel pula a janela, a neve alta amortece a queda, corre até o estábulo, derruba um velho camponês, sobe em um cavalo, dispara pelos campos.

A neve que agora cai com força o ajuda na fuga. Cavalga em direção ao muro. Para. Fica em pé sobre o cavalo, agarra-se ao topo, flexiona os braços, passa as pernas, pula para fora da abadia e corre, corre, a neve acobertando sua fuga, o sangue escorrendo do braço, as mãos cruzadas sobre a barriga, protegendo o livro.

• • •

No quarto de uma boa estalagem, diante da lareira, prepara-se para finalizar sua missão: atirar o livro ao fogo. Depois fará contato com o Departamento através do *chip* cerebral e voltará a 2067. Simples assim, e a humanidade estará livre de mais uma influência demoníaca, o mal sendo cortado pela raiz, ideias heréticas sendo abatidas no passado para não prejudicarem a Fé verdadeira no futuro. Gabriel tem orgulho do que faz.

Depois dos terríveis genocídios provocados pelo Grande Conflito na segunda década do século XXI, quando as religiões monoteístas quase se destruíram umas às outras, em 2037 a paz foi selada de uma maneira definitiva. Judeus, muçulmanos e cristãos concluíram o óbvio: partilhavam o mesmo Deus, e o mesmo livro sagrado. Então a Grande União Monoteísta reuniu todos os povos da Terra sob o poder do Templo, e a administração do Departamento Estatal de União e Salvação. Uma das providências para manter essa paz é impedir que informações heréticas cheguem ao povo. Gabriel faz parte dessa nobre missão.

Ele coloca mais lenha na lareira e pega o volume. É um códex. A partir do século IV o rolo de papiro havia sido substituído por esses primeiros "livros", folhas feitas de couro de animais, costuradas do lado esquerdo. *De rerum natura* é de velino, couro de vitelo abortado, o mais macio e fino que pode existir. Gabriel passa a palma da mão, sente a textura, cheira-o. Abre, folheia. O monge que o copiou tem uma caligrafia gótica linda, uniforme, precisa. Aquilo é uma obra de arte admirável. Será uma pena queimá-lo. Mas são os desígnios do Senhor.

O original tinha sido escrito 50 anos antes da morte do profeta Jesus pelo poeta latino Lucrécio, discípulo do filósofo grego Epicuro, que viveu três séculos antes. Gabriel não resiste. Comete o pecado da curiosidade e começa a ler os 7400 versos do longo poema, divididos em seis partes. Bebe vinho, come bolachas de aveia e queijo.

Sabe que vai ler heresias, abominações. Sabe que Epicuro foi um materialista, ateu, atomista, que pregou que o sentido da vida é a busca pelo prazer e pela felicidade, e não a obediência ao Senhor e o sacrifício da carne, e que afirmou não haver vida após a morte. Os Caçadores de Livros já haviam voltado a Atenas do século III antes de Jesus e destruído grande parte dos 300 volumes da obra de Epicuro. Se Lucrécio foi seu discípulo, Gabriel encontrará no manuscrito aquele tipo de filosofia epicurista malévola. Vai atirá-lo ao fogo com prazer.

Mas ele não está preparado para a poesia.

E a poesia o envolve.

Nunca havia acontecido. Ele quer ter ódio do que está lendo, mas a beleza o seduz. O conteúdo do que lê é radicalmente oposto a tudo em que acredita, à Fé, à Sagrada Doutrina Unificada, mas a forma em que é escrito, o latim clássico, os hexâmetros perfeitos, os 6 acentos internos de cada verso, a profundidade intelectual, a paixão, o lirismo, as metáforas inspiradas, tudo pulsa como a própria vida.

Então a alma de Gabriel vai sendo invadida pelo materialismo, sem que possa resistir. *Todo o universo é feito de partículas indivisíveis chamadas átomos, desde as estrelas até os grãos de areia, e os átomos são indestrutíveis e imortais, mas os seres não, a vida é transitória, estamos todos inseridos num ciclo eterno de criação e destruição. Movimento de átomos que se agrupam e dispersam, infinitamente, no espaço e no tempo, ao sabor do acaso, como poeira num raio de sol. Só existe matéria e vazio, e nada mais. Não há um Criador, um Senhor. A providência divina é uma fantasia. Não houve um momento de "criação", tudo evolui num processo de tentativa e erro, em um número ilimitado de combinações de átomos, em um tempo infinito, aleatoriamente. A Terra não foi construída para os humanos, não somos o centro do universo, somos feitos da mesma matéria que tudo que existe, não somos melhores nem piores que os outros animais, não fomos feitos à imagem de um Deus. Deuses, se existem, não estão interessados particularmente em nós. Não ocupamos um lugar privilegiado no universo, desapareceremos, como tudo o mais. A alma morre junto com o corpo. Não há vida após a morte, não há inferno, paraíso nem purgatório, nem seremos conduzidos à presença de um juiz. Inventamos tudo isso por medo da morte. A vida material é tudo que temos. Não existem anjos nem demônios. Todas as religiões são superstições, ilusões criadas pelo medo de morrer, doutrinas para manter os povos submissos. Tudo isso é irreal. Temos de ser bons sem esperar recompensas em outra vida. Temos de honrar a vida procurando a felicidade. Nossos átomos serão dissolvidos para formar outros seres. Essa é a Beleza.*

Gabriel fecha o códex com raiva. Já queimou muitos livros que afirmavam as mesmas heresias satânicas. Mas eram textos científicos ou filosóficos. Este o confundiu, o iludiu pela poesia. Toma um longo gole de vinho. O dia está amanhecendo. Hora de acionar o *chip* cerebral e pedir para voltar a 2067. Hora de atirar *De rerum natura* às chamas. Apenas um gesto e quem sabe quantas outras obras blasfemas serão evitadas... Maquiavel, Shakeaspeare, Molière, Darwin, Spinoza, toda a Renascença, o Iluminismo, Giordano Bruno, Montaigne, Cervantes, Galileu, Einstein. Quanto trabalho poupado à Confraria dos Caçadores de Livros e ao Departamento.

Batem à porta com força. Gabriel esconde o livro no estrado da pesada cadeira, sob o assento, e vai atender. Recebe um murro violento no rosto, tomba, é agarrado por dois monges enormes, seu braço ferido o impede de lutar, vê o monge bibliotecário apontar para ele, recebe outro murro, e outro, e um chute no peito, perde os sentidos.

• • •

Poggio Bracciolini, um dos mais respeitados humanistas do Renascimento italiano, chega à estalagem no final de janeiro. Vem da abadia de Fulda, frustrado por não encontrar nenhum manuscrito de grande valor. O frio é intenso. Ao arrastar o pesado banco para mais perto da lareira, faz a maior descoberta de toda a sua vida.

Naquela mesma noite escreve uma longa carta para um amigo em Florença, em que se pergunta por que, sendo Deus todo poderoso, permite que existam filosofias contrárias a Ele, como o materialismo e o ateísmo. E o que é ainda mais misterioso: por que a providência divina faz com que um livro como *De rerum natura* caia nas mãos justamente de um copista e estudioso que, apesar de católico, secretário de cardeais e de um papa, é apaixonado pela literatura latina da Antiguidade clássica e não resistirá em divulgá-lo novamente ao mundo, depois de mil anos de esquecimento?

"Que poder têm os livros de seduzir e encaminhar os espíritos?", escreve Poggio. Todas as religiões se utilizam deles para transmitir suas doutrinas, mas eles servem também a doutrinas contrárias às religiões. E Deus ainda permite que sejam encontrados, como um milagre, como aconteceu aquela noite! Se o acaso não existe, e tudo é obra da providência divina, por que desígnio misterioso Deus quer que existam homens que não acreditem n'Ele?

Com a alma transbordando de felicidade, antes de pegar no sono Poggio sorri ao pensar uma grande blasfêmia, daquelas que só poderiam surgir em pensamento, e que se divulgadas o levariam certamente à fogueira, mas que não deixa de ser engraçada... Deus seria um materialista, satisfeito com Sua obra, mas, por modéstia, ateu. E apaixonado pela Sua maior criação em todo o universo... o livro.

Ivan Jaf nasceu no Rio de Janeiro (RJ), em 1957. Começou a cursar Comunicação e Filosofia, mas não terminou nenhuma dessas faculdades e passou um tempo viajando pela Europa e América Latina. Escreve para cinema, teatro e é roteirista de histórias em quadrinhos. É autor de mais de 60 livros infantojuvenis. Recebeu alguns prêmios importantes, como o do Sundance Institute e o da União Brasileira de Escritores. Pela Ática, publicou uma série com vampiros que reconta a história do Brasil, misturando ficção e realidade. Entre os títulos mais lidos da série está *O vampiro que descobriu o Brasil*. Adaptou vários clássicos da literatura brasileira para os quadrinhos, entre eles *Dom Casmurro* e *A escrava Isaura*.

Ricardo Azevedo

Perdido nas brenhas de um mataréu despovoado

Ricardo Azevedo

Terríveis tempos foram aqueles, aprisionado nos mataréus despovoados, a alma e o corpo devastados por grandes penitências, fomes e angústias.

Para minha sorte e por bondade de Deus, eram repletos aqueles matos de pequenos riachos onde com facilidade podia encontrar água, me banhar, limpar meus pés crivados de chagas, fisgar algum peixe e muitas vezes caçar e comer tartarugas ou seus ovos.

Alimentava-me também de mel, quando encontrava um cortiço de abelhas, e de bananas e frutas variadas que dos matos arrancava.

Muitos dias passei sem ter conseguido encontrar coisa alguma para comer. Nessas ocasiões matava a fome com raspas de árvores e por bebida tomava as águas terrosas das poças.

Por vezes sentava no chão e chorava. Outras vezes assobiava e baixinho cantava as cantigas que aprendera tanto com minha mãe como nas festas e nos bailados da ermida de são Jerônimo.

Certo dia, dei de frente com um animal corpulento e asqueroso, semelhante a um urso. Tinha ele um focinho de quase uns cinco palmos de comprimento, e uma cauda enorme e felpuda de cores preta e cinzenta. Possuía longas unhas nas mãos, o diabólico animal, e estava com o focinho e sua imensa língua enfiados num formigueiro.

Segurei a faca e recuei pronto para o pior, mas o monstro também se assustou com a minha presença e fugiu.

Outra vez, perto de um riacho de águas barrentas, encontrei uma embusteira e facinorosa serpente. A víbora de cerca de duas polegadas de largura e mais de vinte pés de comprimento ergueu-se de repente e me atacou. Recuei, mas a tortuosa víbora mordeu meu braço. Consegui matá-la, graças a Deus e a meu arpão.

Rezei para que fosse a cobra enviada com venenos e peçonhas por algum demônio do mato. Entretanto, com o tempo a ferida secou.

Naquele mesmo dia, após assar e comer um bom pedaço da serpente, beber água e limpar meu ferimento no braço, decidi mudar de direção e seguir o riacho barrento abaixo com esperança de que me levasse ele a algum rio maior ou, quem sabe, até o mar.

Passei então dias e noites a acompanhar pela margem as águas do ribeirinho, sempre com muitas dificuldades e sofrimentos, até que finalmente fui dar num rio alargado e assaz caudaloso.

Ali por alguns dias passei a habitar uma pequena clareira para me recuperar do cansaço e dos muitos inchaços e chagas que feriam meus pés.

Andava, ao mesmo tempo, atentado a uns ameaçadores lagartões que, traiçoeiros, às vezes apareciam na beira do rio prontos para me maltratar com suas dentuças e imensas bocarras.

Às noites, muitas vezes, recebia a visita daquele invisível e peçonhento prego. De forma cruel, ele renascia em meu peito a despedaçar minha alma.

Por que razão Deus — ou seria o diabo? — a mim infligia tantos e tamanhos tormentos, misérias e castigos?

Era preciso conseguir escapar daquela tão ruim viagem onde tudo eram matos, atoladeiros, aleivosias, serpentes, perigos, mosquitos e sofrimentos.

"Mas como?", perguntava eu durante as compulsórias noites de vigília, sempre a buscar dentro de mim restos e raspas de alguma esperança.

Com Joana Machada aprendi, graças a Deus, a escrever, fazer contas e ler.

Tinha eu conhecimento, e sobre isso muito já conversara com minha mãe, de que os principais teólogos, sábios, cosmógrafos e homens de ciência afirmavam e garantiam que em algum lugar do mundo existia o Paraíso Terrestre, abençoado solo onde no passado viveram Adão e Eva. Diziam eles que havia nesse santo território grande cópia de tesouros, que era um lugar sem doenças onde jorrava a fonte de juventude e onde em se plantando tudo dava.

Em nossa casa abrigávamos muitos livros e manuscritos. Cerca de dez. Alguns comprados, outros ganhados. Entre eles, além das lidas e relidas viagens de Jean de Mandeville, possuíamos uma velha cópia manuscrita da carta de preste João das Índias, as narrativas impressas da viagem de são Brandão, da peregrinação de santo Amaro e da lenda dos Três Anéis. Contávamos ainda com um exemplar da Bíblia Sagrada, proibida pela Igreja por ser ela escrita em português e não em latim, que minha mãe às escondidas ganhou da velha Ana Escobar, nossa boa e finada vizinha.

Segundo as narrativas que li e reli, tanto são Brandão como santo Amaro estiveram em suas peregrinações, certamente com o valioso auxílio de Deus, no Paraíso Terrestre mas infelizmente tornaram-se defuntos sem deixar mapas que indicassem sua verdadeira localização.

Por que razão teria Deus ocultado dos homens esse fabuloso, bem-aventurado e aprazível território?

E se porventura — pensava eu a buscar dentro de mim forças para sobreviver —, contrariando o conhecimento e os ensinamentos dos sábios, dos santos e dos viajantes, fosse o Paraíso Terrestre não na África, nos domínios de tão afamado preste João, ou na distante e remota Ásia, mas sim nas dificultosas, brutas e incultas terras do Brasil?

Pois não tinha lido eu — e os homens de ciências, cartógrafos e teólogos o confirmavam — que havia são Brandão, em sua santa viagem, passado por uma misteriosa e afortunada ilha chamada Brazil?

Seria pois aquele fragoso mataréu onde eu me encontrava o tão cobiçado Paraíso Terrestre?

Diante de tão descabidos pensamentos, pela primeira vez em meses, consegui sorrir.

Sorri de mim mesmo. Sorri do dificultoso matagal. Sorri da vida. Sorri deste misterioso e incompreensível mundo criado por Deus.

Chorei também, e solucei enquanto ria.

Ricardo Azevedo nasceu em 1949, em São Paulo (SP). Aos 17 anos escreveu seu primeiro texto para crianças, que mais tarde foi publicado e premiado. Bacharel em Comunicação Visual pela Fundação Armando Álvares Penteado (FAAP) e doutor em Letras pela Universidade de São Paulo (USP), ele ilustra muitos de seus livros e pesquisa a cultura popular brasileira. É autor de mais de cem obras, várias delas premiadas e publicadas também no exterior. Pela Ática, publicou mais de 20 livros, entre eles uma coleção sobre folclore. *Contos e lendas de um vale encantado* é um dos títulos. Em 2014, ganhou o prêmio Jabuti de Melhor Livro Juvenil com *Fragosas brenhas do mataréu*, também publicado pela Ática.

Carolina Maria de Jesus

O livro é a melhor invenção do homem*

Carolina Maria de Jesus

Despertei com a voz de D. Maria perguntando-me se eu queria comprar banana e alface. Olhei as crianças. Estavam dormindo. Fiquei quieta. Quando eles vê as frutas sou obrigada a comprar. (...) Mandei o meu filho João José no Arnaldo comprar açucar e pão. Depois fui lavar roupas. Enquanto as roupas corava eu sentei na calçada para escrever. Passou um senhor e perguntou-me:

— O que escreve?

— Todas as lambanças que pratica os favelados, estes projetos de gente humana.

Ele disse:

— Escreve e depois dá a um critico para fazer a revisão.

Olhou as crianças ao meu redor e perguntou:

— Estes filhos são seus?

* Este texto respeita fielmente a linguagem da autora, que muitas vezes contraria a gramática, incluindo a grafia e a acentuação das palavras, mas que por isso mesmo traduz com realismo a forma de o povo enxergar e expressar seu mundo. (N.E.)

Olhei as crianças. Meu, era apenas dois. Mas como todas eram da mesma cor, afirmei que sim.

— Seu marido onde trabalha?

— Não tenho marido, e nem quero!

Uma senhora que estava me olhando escrever despediu-se. Pensei: talvez ela não tenha apreciado a minha resposta.

— É muito filho para sustentar.

Ele abriu a carteira. Pensei: agora ele vai dar dinheiro a qualquer uma destas crianças pensando que todas são meus filhos. Fui imprudente mentindo.

Mas a minha filha Vera Eunice ergueu o braço e disse:

— Dá, eu té. Compá papato.

Eu disse:

— Ela está dizendo que quer o dinheiro para comprar sapatos.

Ele disse:

— Dá para sua mãe.

Ergui os olhos para observá-lo. Duas meninas lhe chamava papai! Eu conheço-o de vista. Já falei com ele na farmacia quando levei a Vera para tomar injeção contra resfriado. Ele seguio. Eu olhei o dinheiro que ele deu a Vera. Cem cruzeiros!

Em poucos minutos o boato circulou que a Vera ganhou cem cruzeiros. E pensei na eficiencia da lingua humana para transmitir uma noticia. As crianças aglomerava-se. Eu levantei e fui sentar perto da casa de D. Mariana. E lhe pedir um pouco de café. Já habituei beber café na casa do Seu Lino. Tudo que eu peço a eles emprestado, eles empresta. Quando eu vou pagar, não recebem.

Depois fui torcer as roupas e vim preparar o almoço. Hoje eu estou cantando. Estou alegre e já pedi aos visinhos para não me aborrecer. Todos nois temos o nosso dia de alegria. Hoje é o meu!

... Uma menina por nome Amalia diz a mãe que o espirito lhe

pega. Saiu correndo para se jogar no rio. Varias mulheres lhe impedio o gesto. Passei o resto da tarde escrevendo. As quatro e meia o senhor Heitor ligou a luz. Dei banho nas crianças e preparei para sair. Fui catar papel, mas estava indisposta. Vim embora porque o frio era demais. Quando cheguei em casa era 22,30. Liguei o radio. Tomei banho. Esquentei comida. Li um pouco. Não sei dormir sem ler. Gosto de manusear um livro. O livro é a melhor invenção do homem.

Carolina Maria de Jesus nasceu por volta de 1914 na cidade de Sacramento (MG). Trabalhou como empregada doméstica em São Paulo (SP) e, mais tarde, foi catadora de papel e viveu na favela do Canindé, a primeira favela da cidade de São Paulo na década de 1950. Foi descoberta pelo repórter Audálio Dantas, que escrevia uma reportagem sobre a favela Canindé. Apaixonada por livros, ela alimentava sonhos e desabafava a sua triste realidade nas folhas encardidas de seus cadernos, que, mais tarde, tornaram-se públicas por meio de uma obra única publicada pela Ática, *Quarto de despejo: diário de uma favelada.*

Maria José Dupré

Todos os caminhos conduzem ao fim

Maria José Dupré

Meu marido e eu alugamos casa mobiliada em São Paulo e, durante bastante tempo, vivemos modestamente, sem procurar fazer vida social. Leandro começou a construir e abriu escritório na cidade, com uma sala. Percebi que ele não tinha quem passasse os contratos à máquina e resolvi aprender datilografia. Entrei para uma escola e ganhei uma máquina; quando recebi o diploma, Leandro tinha se mudado para outro escritório com duas salas. Mais tarde foi registrada a Companhia "Leandro Dupré Construções Ltda." que conserva o mesmo nome até hoje.

Deixamos a casa mobiliada e alugamos um apartamento, mais perto da cidade, que tinha um quarto apenas. Por falta de tempo, deixamos de tocar, a música ficou de lado. Papai não se conformou, quis dar de presente um piano; expliquei ao meu pai que agora eu batia no teclado da máquina de escrever. Leandro ditava os contratos e eu batia, nas tardes de sábado e às vezes nos domingos também. Sentia-me feliz por auxiliá-lo.

Continuei com minhas leituras e como não podia comprar livros, fiquei sócia de uma livraria na cidade que os alugava, até um por dia se quisesse, o que me deixou equilibrada com a fome de leituras que sentia. Leandro também gostava de ler; muitas vezes lia em voz alta os livros de Sinclair Lewis no original e também *Forsyte Saga*, de John Galsworthy. Havia dois proveitos nessas leituras: aperfeiçoávamos, ou melhor, acostumávamos com a língua inglesa e ficávamos a par dos bons romancistas norte-americanos e ingleses.

Quase nenhuma vida social. Trabalho e leitura, música de concertos quando podíamos. Durante o dia ia ver meus pais, ainda na Rua Salvador Leme. Num inverno forte em São Paulo, seguiram para Botucatu, para a casa de Nicota. Lá ficaram até o fim do ano. O Natal passou e outro ano começou. [...]

• • •

Uma tarde fui com mamãe visitar uma família do interior que estava passando uns tempos em São Paulo; a mãe viera consultar porque não estava bem. Constava a família de quatro moças, já maduras, só uma estava casada e residia em São Paulo.

Eram bonitas e alegres, filhas de fazendeiros. Perguntei-lhes sobre a vida que tinham levado na cidade do interior. Queixaram-se do pai, severo, autoritário, pai à moda antiga. Elas aceitaram, não havia alternativa. O pai levava-as para o colégio interno, trancafiava as filhas lá e somente ia buscá-las para passarem as férias de dezembro em casa, na fazenda. Tinham casa na cidade, mas iam uma ou duas vezes por ano, por ocasião das procissões da Semana Santa e me parece que no fim do ano, Natal e Ano-Bom. Possuíam terras a perder de vista, pastos de engorda, aguadas magníficas, florestas, plantações de café poucas, o mais era gado. A casa pobre, primitiva, sem conforto, elas nem sabiam o que possuíam. Os irmãos cresceram e partiram; o pai não pôde prendê-los como prendia as filhas. E elas, rosas frescas das manhãs, começaram a perder o viço, a murchar. Antes de terminado o curso no colégio, o pai ordenou que bastava de estudos: sabiam o suficiente para moças da época. Enquanto falavam, observei que tinham pele do rosto acetinada, cabelos bonitos e dentes claros e fortes.

"E você?", perguntei à casada. "Como conseguiu conhecer seu marido e deixar a prisão?" Ela me contou rindo muito: numa das poucas vezes em que estavam na cidade, apareceu um rapaz aparentado com seus tios, com muita recomendação de seriedade, com carta na mão, desejava comprar alguns bois. Quando se viram, o amor brotou entre os dois; com receio e dúvida, guardaram segredo. Durante mais de um ano, não tiveram coragem de contar, nem o moço de fazer o pedido de casamento. Depois de dois anos ou mais, quando o rapaz veio em nome de outro fazendeiro comprar zebus, disse ao dono dos zebus que queria casar com a Veva. O pai consentiu e quando o moço veio buscar os bois, levou a Veva também.

As outras irmãs ficaram durante mais de uma década, esperando outros compradores de bois, que não apareceram. A mocidade passou, a mãe precisou consultar em São Paulo e pela primeira vez viajaram para a Capital do Estado; o pai permitira afinal.

Enquanto falavam eu olhava as moças velhas, já sem viço, frustradas nos desejos de amar, de serem amadas.

Em casa, ao jantar, contei ao meu marido o que vira, o que ouvira. Então Leandro disse que eu devia escrever essa história. "Não sei escrever", respondi. "Você pensa que a gente pode escrever quando quer? Não sou escritora, nunca escrevi na minha vida;

é fácil dizer: escreva. É o mesmo que dizer: toque o prelúdio nº 21 de Chopin para uma pessoa que nunca estudou música."

Ele respondeu que a música requeria anos de estudos; além da técnica, era preciso sentimento, e que eu devia experimentar escrever da maneira como descrevi a vida das moças. Disse que daria um belo conto e eu devia tentar. Fiquei pensativa, depois esqueci o assunto.

Uma tarde fria, subi ao sótão da casa, onde havia mesa, algumas cadeiras e um sofá. Comecei a reconstituir a vida das quatro irmãs e escrevi um conto que denominei — "Meninas Tristes" — a vida daquelas moças. Passei o conto à máquina, dei a Leandro para que lesse, ele achou bom. "E agora?", perguntei. "Que fazemos com isso?"

Ele refletiu, depois disse que o melhor seria pedir a alguém, poeta ou escritor, que desse opinião para dizer se valia a pena publicar. Comecei a rir e perguntei: "Publicar aonde?".

Não conhecíamos ninguém na vida literária, estava difícil resolver o problema. De repente Leandro lembrou-se de Guilherme de Almeida. "E se mandássemos para ele e pedíssemos sua opinião?" "Será que ele vai ler? nem nos conhece", retruquei.

Nessa época ele escrevia uma seção no jornal *O Estado de S. Paulo*, onde respondia cartas de consulentes. Assinei o conto: Mary Joseph. Leandro procurou na lista telefônica o endereço do poeta. Não era longe da nossa casa e, nessa noite, fomos levá-lo. Fiquei esperando no automóvel enquanto Leandro entregou o envelope, com o conto, a uma empregada que atendeu. O automóvel estava parado umas duas quadras além da casa. "Quem? Quem recebeu?", perguntei com voz embargada. "Uma empregada abriu a porta, atravessou o jardim e recebeu o envelope", respondeu meu marido.

Fiquei vários dias na expectativa, esperando a resposta na seção do jornal. Eu já me sentia frustrada, não podia esperar mais, pensava que o conto nada valia e fora bobagem tudo isso. Ou quem sabe a carta ficou misturada com jornais e correspondência em cima da mesa e se perdeu...

Não suportei a espera. Procurei na lista telefônica, disquei o número e esperei. O próprio Guilherme de Almeida veio atender. Perguntei com voz trêmula: "O senhor recebeu um conto assinado por Mary Joseph? Dentro de um envelope azul, grande?". "Sim", ele respondeu. "Recebi." Esperei um pouco, engoli saliva e continuei: "Sou Mary Joseph. O que o senhor achou da história? Ou não leu ainda?". "Achei o conto muito bom, muito bom mesmo, deve continuar a escrever." Meu coração queria sair pela boca e ousei perguntar: "Então vai publicar no Suplemento?". Ele hesitou antes de responder: "Publicar no Suplemento? Bom, o Suplemento não é comigo, é com Afonso Schmidt; entregarei o conto a ele; se ele gostar, será publicado".

Agradeci e desliguei. O que eu mais gostei é que ele nem perguntou meu nome verdadeiro; nem se interessou, mas fiquei pensativa: "Ele disse que achou bom por delicadeza, mas passou para outro a incumbência. Quis ficar livre dessa Mary não sei o quê".

Contei a Leandro que telefonara para o poeta a fim de saber o que achara do conto; quanto à publicação não era com ele. Leandro disse que eu devia ter paciência e esperar. Para que aborrecer perguntando se gostou ou não? Ele devia ser tão ocupado.

Uma semana passou, passou outra. De repente li no jornal que o próximo Suplemento traria entre outras crônicas, um conto de Mary Joseph. Senti o coração dar um salto, fiquei com o jornal parado no ar, a respiração opressa. Li outra vez, outra ainda. Era o meu conto, era meu pseudônimo, era eu. Corri e procurei Leandro, ele também ficou surpreso um instante, depois riu e me beijou. Mostrei a mamãe que estava conosco passando um tempo e até então de nada sabia. "Mamãe, sabe quem é esta Mary? Sou eu, mamãe, eles vão publicar, vão publicar..." Eu me lembro que mamãe ficou perplexa e ao mesmo tempo contente.

Dias após meu marido veio com o jornal aberto e simplesmente disse: "Leia". Lá estava minha história com dois desenhos acompanhando. Num dos desenhos havia três moças costurando à volta da mesa, uma lâmpada de querosene iluminando a cena. Não sei se era de querosene, mas devia ser; eu contava que na fazenda não havia eletricidade. Outro desenho representava um cofre. Porque eu contava que as moças passaram anos economizando, costurando, guardando as economias num cofre para um dia viajarem e conhecerem São Paulo. Mamãe e Leandro leram o conto muitas vezes, depois me abraçaram e me beijaram, dando os parabéns. Então falei ao meu marido: "Agora vou escrever um romance...".

E comecei a escrever um romance.

• • •

Há sempre muita curiosidade a respeito das pessoas que escrevem, o que é natural. Muitos perguntam: "Escreve desde o tempo da escola?", "Desde menina?", "Fez versos antes?".

Minha primeira manifestação literária foi o conto — "Meninas Tristes". Enquanto eu estava às voltas com meu primeiro romance, vendemos a casa e residimos num hotel até meu marido construir outra na Rua Cuba. Nessa casa também no Jardim América, onde residimos por mais de vinte anos, escrevi muitos romances e também livros para crianças.

Tínhamos uma chácara em Tremembé, adiante do bairro de Santana; lá passávamos os fins de semana, os feriados, recebendo alguns parentes e poucas visitas. Dias tranquilos e paz absoluta. Tínhamos muitas flores e muitas árvores, algumas encontradas lá, outras plantadas por nós. Abacateiros imensos que davam sombra e frutas. Laranjeiras, limoeiros e mamoeiros.

A segunda grande guerra estourou na Europa. Começaram as invasões nas cidades tranquilas, as perseguições, a morte dos inocentes. A primeira notícia que li provocou-me muitas lágrimas; eu estava de cama, com gripe e dor de garganta. Leandro entrou no quarto e me viu chorando. Assustou-se e perguntou se eu estava sentindo muita dor, se a garganta havia piorado. "Não é isso, Leandro. Li as notícias que são de estarrecer; desta vez a Bélgica não reagiu e o exército alemão está destruindo, está matando, horrível..."

Ficamos os dois numa infinita tristeza, comentando as belezas das cidades que seriam destruídas, as crianças que morreriam nos bombardeios, pois a guerra em 1939 seria diferente das outras; mulheres e crianças iriam morrer sem saber por quê.

Muito sensível como sempre fui, eu não queria ler jornais ou ouvir notícias da guerra, mas lia e ouvia, acompanhava os horrores e sofria.

Aos sábados de manhã seguíamos para a chácara e isso era um lenitivo, pois lá me distraía e me esquecia que estava morrendo gente a todos os instantes.

Começamos a formar uma granja para vender frangos, com métodos modernos; tudo era perfeito e os frangos cresciam lindos. Tínhamos um casal de caseiros que tomava conta e não havia frango que chegasse, vendia-se tudo. Iam apenas comprar no portão. Resolvemos depois só criar galinhas para vender ovos; a procura era grande, toda a gente queria ovos frescos de granja. Dúzias e dúzias eram vendidas. Tínhamos a chácara para fins de semana, mas chegamos a ter lucro; se residíssemos lá, seria ainda melhor.

Um casal de amigos, desde os idos de Ribeirão Preto, telefonou uma noite: "Venham ver os cachorrinhos que nasceram, venham escolher um para vocês". Meu marido respondeu que agradecia, não queria nenhum. "Então venham só para ver...", disse o amigo. "Nem para ver", respondeu Leandro. "Maria José e eu gostamos tanto que não queremos nem ver." "Então espero vocês para conversar, para dar uma prosa."

Fomos conversar, só para uma prosa. Quando vimos os cachorrinhos foxes, de pelo liso, saltitantes, alegres e inteligentes, ficamos encantados. Um deles ficou de pé sobre a palma da mão de Leandro e o dono da casa disse: "Leve esse para vocês". Ainda reagimos, relutamos: "Não, muito obrigado, não queremos cachorro. Tivemos um em Ribeirão Preto, viajamos sempre, com quem ele vai ficar?". "É lindo", disse Leandro, "mas não queremos..."

Voltamos para a casa com o cachorrinho no colo; parecia dançar de tão inquieto. Demos-lhe o nome de Samba. Tornou-se nosso amigo e companheiro para todas as horas. Cresceu lá em casa da Rua Cuba; viveu em nossa companhia quase dezesseis anos e foi o herói dos meus livros infantis.

Só posso dizer que devemos à insistência desses amigos as horas boas que tivemos em convivência com o cachorrinho e também o fato de os livros para crianças brotarem na minha cabeça devido à presença do Samba. Ele era tão inteligente que sabia quando o fim de semana se aproximava; sabia as horas em que meu marido chegaria do escritório, sabia quando íamos viajar. Algumas palavras não pudemos pronunciar perto dele: Vamos, Tremembé, passear. Falávamos então em francês, sem olhar para o lado dele, senão ele percebia. Apelidamos Tremembé de fim de semana para que ele não entendesse. Muita gente talvez não acredite, mas os que convivem com os animais compreendem e acreditam. Certa vez em que estávamos arrumando as malas para viajar, ele entrou no quarto e pulou para dentro da mala e se deitou; era como se dissesse: me levem, quero ir com vocês.

• • •

Uma tarde em que eu estava só na chácara, vi minha irmã Guiomar chegar com jornal entre as mãos, o rosto cheio de apreensões. "Você já pensou ser isso possível um dia? O exército alemão desfilando no Arco do Triunfo...". Tinha os olhos cheios de lágrimas, era tão sensível quanto eu. Ela continuou depois: "Você se lembra do René? O amigo de Osvaldo que chegava em casa todos os dias à hora do jantar para o café? Está prisioneiro dos alemães, num campo qualquer. O avô lutou na guerra de 70, o pai na guerra de 18, ele, o pobre moço, nesta guerra. O avô morreu, o pai morreu, vamos ver se ao menos num campo de concentração, o René não morrerá. A irmã que mora aqui recebeu notícias dele e contou para Osvaldo que está preparando um pacote para mandar: café, roupas de lã e outras coisas. Se receberá, ninguém sabe...". "Receberá sim, vai por intermédio da Cruz Vermelha", falei. "Tenho mandado também; o pacote parece que pode levar só dois quilos cada um. A Cruz Vermelha se encarrega de entregar; está num país neutro: Suíça." "Para quem você está mandando?" "Para uma família que não tem o que comer. Belga. A avó chora de vontade de tomar café e não tem. A neta, uma menina de 12 anos, parece ter sete de tão fraca e magra. A minha massagista me contou em lágrimas, são parentes dela. Então estou mandando, para alguém há de servir. Ela disse que nunca viu gente boa como a brasileira; todas as clientes dela estão mandando."

A tarde caindo, o céu vermelho e azul, a paz entre as árvores da chácara. Ouvia-se ao longe o ruído das galinhas poedeiras, os cocoricó diminuindo de som, perdendo-se na distância do silêncio. E a guerra continuava na Europa.

• • •

Não contei a ninguém que estava escrevendo um romance; só meu marido sabia. Mesmo minha mãe que passava temporadas cada vez mais longas conosco, de nada sabia. Até setenta e sete anos de idade, mamãe era forte, viajava sozinha e todos admiravam-lhe a disposição e a saúde. Quando foi beirando os setenta e oito, começou o declínio. Ela dizia, suspirando: "Meu Deus, que eu não dê trabalho a ninguém, quero morrer de pé, não quero adoecer, ficar na cama, dar preocupação". Foi declinando aos poucos, sua saúde já não era a mesma.

Eu escrevia devagar, à mão, sem saber se valia a pena, sem saber que fazer depois com o livro. Tinha pensado em dar-lhe o título: *O romance de Teresa Bernard*, foi o título que ficou. Até hoje, quase trinta anos depois de publicado, me perguntam se Teresa de fato existiu; pois gosto de escrever na primeira pessoa alguns dos meus livros. Teresa Bernard é a mulher inquieta da sociedade: rica, sem problemas financeiros, não sabe o caminho a seguir; pensa que é o marido e o troca por outro, mas tudo continua da mesma maneira. Símbolo das insatisfeitas e torturadas Teresas Bernard de todos os países do mundo. Se elas seguissem os conselhos de André Maurois: "A mulher deve sempre dar e não procurar receber...". Mas as mulheres de hoje, com a quase igualdade entre os sexos, acham-se com os mesmos direitos de receber tanto quanto dão, em amor e carinho, daí os conflitos, as incompreensões. O ideal no casamento é o perfeito entendimento tanto físico como intelectual; quando isso não é possível deve haver a aceitação por parte da mulher ou a adaptação e quando não há, vem forçosamente a ruptura do casamento, a infidelidade, os erros. Ouvi mais de uma esposa dizer: "Antes tivesse ficado com meu marido, você sabe, por causa dos filhos".

Assim fui formando o livro. Aproveitei fatos da primeira viagem que meu marido e eu fizemos pelo estrangeiro; misturei tudo, o falso e o verdadeiro, o real e o imaginário, e fiz o livro.

Enquanto a família ia crescendo, sobrinhos casando, crianças nascendo, eu escrevia. Terminei o romance. Passei-o todo à máquina e dei a Leandro para fazer a primeira crítica. "Como se faz para publicar um livro? Tem-se que procurar uma Editora, mas qual delas desejará publicar livro de autor desconhecido?" Começamos, Leandro e eu, a procurar entre nossos livros, o nome de uma editora. Passamos os dedos nas lombadas dos livros enfileirados e encontramos muitas vezes o nome da Companhia Editora Nacional. E se fôssemos até lá? Disse a Leandro: "A questão é que nunca terei coragem de levar esse calhamaço a editora alguma. Nunca terei ânimo para tanto...".

Ele disse que levaria o calhamaço. "Você tem essa coragem?", perguntei. "Tenho. Levo o que você escreveu, peço para lerem, digo que farei as despesas e se não quiserem, vamos procurar outra..."

Fiz embrulho bem-feito e um dia Leandro procurou a Cia. Editora Nacional com o pacote entre as mãos. A pessoa que dirigia a seção de publicação era Artur Neves, rapaz culto e inteligente, que depois ficou nosso amigo. Leandro me contou que se apresentou a ele e disse: "Minha mulher escreveu este romance. Gostaria que o senhor lesse e desse sua opinião. Está aqui. Sou o engenheiro Leandro Dupré".

Artur Neves mostrou a pilha de livros na mesa dele e disse: "Todos estes estão aqui para ser lidos e julgados. O senhor pode deixar o seu". Leandro retrucou: "Se não fosse bom eu não o traria; foi minha mulher que escreveu. Peço que leia e dê opinião sincera, diga se vale ou não a pena publicar...". Deixou o telefone sobre a mesa e nosso endereço.

Isso aconteceu em 1941.

Quando Leandro me contou que havia outros livros antes do meu para serem lidos e julgados, perdi toda a esperança. "Então vai levar meses para vir uma resposta e a resposta pode ser — não vale a pena."

Três dias depois fui chamada ao telefone. Era Artur Neves, da Editora Nacional. Falou que o livro era bom, lembrava *Rebeca*, e pediu que passássemos por lá a fim de tratarmos da publicação.

Fiquei atarantada no primeiro instante, depois telefonei ao escritório do meu marido e disse: "Sabe? Temos que passar na editora, o moço disse que o livro é bom. Creio que vão publicar...".

Senti-me entre o sonho e a realidade. Passei a noite sem dormir. Seria eu uma romancista? Não era possível, eu não era nada, romancista o quê. Mas na tarde seguinte, fomos à editora à procura do Artur Neves. Ele disse: "O romance está bom, pensamos em publicá-lo se o senhor fizer as despesas...".

Leandro concordou em pagar as despesas. A editora faria a distribuição. O livro passou pelos processos habituais: revisão, capa, etc. Chegou a hora do nome. Eu disse que preferia um pseudônimo, o mesmo do conto: Mary Joseph.

Houve discussão, troca de ideias, outros foram consultados. Ninguém compraria um livro de autor desconhecido e com nome esquisito. Eu não queria meu nome na lombada dos livros. Imaginava os sorrisos engraçados: "Agora você virou romancista? Escritora?". E se ninguém comprasse? Se o romance não tivesse sucesso? Artur Neves falou com energia: "Um romance com esse pseudônimo estaria condenado ao fracasso...". A editora também tinha seus direitos, eu precisava pôr meu nome. Nessa troca de títulos e de nomes, nesse vaivém, Leandro teve uma ideia: "E se ficar Sra. Leandro Dupré? O que o senhor acha?". Voltou-se para mim e disse brincando: "Iremos juntos para o sucesso ou para o fracasso...". "É, assim está melhor e fica diferente de todos os outros", falou Artur Neves. "Só o nome do seu marido na capa, é meio sucesso. Vendagem garantida..." Acabei concordando, pois o interesse não era só meu, era da editora também.

Passei esses meses sem pensar direito, como se vivesse no ar. Logo mais o livro foi publicado: 3 mil exemplares, o que eu achava uma enormidade, e as despesas ficaram em dezessete contos e quinhentos mil-réis. Tive vontade de me esconder debaixo da terra quando vi os livros nas livrarias. Enviei um exemplar para cada membro da família, para os amigos, para os jornais, para os críticos e esperei.

Com o tempo fiquei ciente das reações diferentes de cada amigo ou parente: um deles passou a noite acordado sem querer acreditar. Não era possível, eu, a mais quieta do grupo, a mais distraída, a mais retraída, a mais tímida, escrever um romance? Não era possível. É porque decerto ele ainda não lera o Diário de André Gide: "Para escrever, a pessoa tem que mais ouvir do que falar. Quem fala muito não pode escrever".

A crítica elogiou, houve gente que me procurou e amigos que não se manifestaram. Houve de tudo, coisas engraçadas e provas de ciúmes ou de inveja. O mais incrível é que a edição se esgotou em pouco tempo, meu marido recebeu o dinheiro que havia colocado e a editora preparou a segunda edição com 5 mil exemplares. Sem mais despesas para Leandro. Comecei a receber cartas de pessoas desconhecidas perguntando se era a minha vida, congratulando-se comigo.

Nessa época já frequentávamos regularmente a sociedade. Éramos muito convidados depois da publicação do livro, tivemos cada vez mais convites e ouvi muitas pessoas dizerem que nunca tinham lido livro de escritor brasileiro, o meu era o primeiro. Liam os livros franceses, alguns ingleses, mas brasileiros? "Não temos nada que eu goste, mas o seu eu gostei. Parece que a gente está vivendo." "Mas nós temos bons escritores", eu dizia. Citava alguns nomes, mas as pessoas da sociedade não gostavam de nenhum. "E Machado de Assis?", eu perguntava. "Li alguns livros dele mas não achei nada extraordinário." Algumas pessoas tinham lido os livros do Eça e gostado. Confessavam que haviam lido o meu, por curiosidade; porque sabiam que meu marido projetava casas bonitas e me conheciam de vista; tinham vontade de saber que espécie de livro era aquele.

Uma amiga me disse um dia: "Quando eu contei que conhecia você e você frequentava minha casa, Fulana ficou louca de vontade de conhecer a autora do livro. Prometi apresentar você na primeira ocasião. Ela gostou do livro".

A primeira ocasião foi uma grande recepção em casa dos Prado, em Higienópolis. Estávamos conversando, essa amiga e eu, sentadas numa mesinha do bar, quando passou por nós uma senhora moça e elegante; minha amiga chamou-a e disse: "Você queria conhecer a autora do romance da moda? É minha amiga... etc.".

Ela parou um instante, apertou minha mão e disse com frieza, como se não gostasse de mim: "Como vai?". Nada falou sobre o livro e passou. Minha amiga ficou estarrecida e muito desapontada; disfarçou com outro assunto e percebi seu embaraço. Então eu disse: "Ah, não se incomode por isso... Eu não estou pensando mais no assunto".

Eu já estava escrevendo meu segundo livro: *Éramos Seis*. Eu pensava nas mulheres que ficavam viúvas, com encargos pesados para criar os filhos pequenos, sem dinheiro, sem futuro. Lembrava das noites insones que passavam, nas dificuldades que sentiam para que os filhos não interrompessem os estudos; talvez minha irmã Guiomar tivesse servido de fundo. Um dia ela me disse, depois de alguns anos, quando o pior já havia passado: "Você não pode imaginar o que passei quando vi a realidade: sem ordenado do marido para pagar as contas, os filhos pequenos, cheguei a pensar: que vamos comer amanhã?". Guiomar fazia tricô, depois arranjou ótimo emprego, como já contei, nas Companhias Americanas. Falava bem inglês, tudo se arranjou. Nunca fez doces e salgados para viver, deixou o tricô por falta de tempo. Mas a luta que encetou quando ficou sozinha, talvez tivesse me inspirado a escrever o livro. Digo — talvez — porque quando o escritor escreve ou põe este ou aquele nome num personagem, nem sabe a razão. Alguma coisa ou algum fato o inspira, então a ideia amadurece devagar, devagarinho, como que cozinhando em banho-maria. E vai crescendo, vai crescendo, não nos abandona mais, não nos deixa tranquilos, enquanto não se começa a escrever.

Assim foi o *Éramos Seis*. Terminado o livro, pensei: que banalidade, que cotidiano sem ação. Disse a Leandro que iria jogar as páginas no fogo, mas ele não permitiu. "Não, você não vai fazer isso..." Leu o livro e disse que estava muito bom, mas pediríamos a outros que o lessem. Eu tinha uma amiga jornalista que conhecia muitos escritores e críticos. Pedi a ela que lesse; leu e gostou, depois pediu-me licença para entregar os originais ao Sérgio Milliet que tanto gostara do primeiro romance. Dei permissão e a resposta do Sérgio foi que eu nada modificasse no livro, nem uma vírgula, e que seria um sucesso.

Quando a editora recebeu os originais, tornaram a me telefonar: o livro estava muito bom e fariam a primeira edição de 5 mil exemplares. Vendeu-se tudo num instante e fizeram uma segunda com 7.500 exemplares. Algumas pessoas foram contra o prefácio de Monteiro Lobato, outras a favor. Conheci o escritor Monteiro Lobato na própria Editora Nacional, no dia em que o Artur Neves leu o prefácio para mim. Foi quando o conheci pessoalmente: tudo aquilo que ele contou é verdade.

Eu soube depois que meu marido pagou para Lobato escrever o prefácio, mas eu conhecia tão bem as criaturas que nada me abalou. Senti tristeza ao lembrar que minha irmã Euthymia, madrinha tão querida, já havia falecido e não viu a irmã caçula e afilhada publicar romances. Grande pena. O número de amigos e de amizades foi crescendo. Cada vez nos convidavam mais e mais. Fizemos amizades preciosas; posso dizer como o escritor Fernando Namora: "Os livros são uma sementeira de amizades". Para mim foi. Amizades sólidas com bases sólidas e inesquecíveis, pois até hoje perduram. [...]

• • •

O romance *Éramos Seis* já estava na terceira edição quando li, pelo jornal, que fora premiado na Academia Brasileira de Letras. Não pudemos seguir para o Rio, pedimos a um amigo que residia lá que o recebesse por mim. Assim foi.

As crianças da família pediam livros para ler. "Você escreve só para gente grande, por que não escreve para nós?" Prometi vagamente, iria tentar.

Escrevi o primeiro livro infantil: *Aventuras de Vera Lúcia, Pingo e Pipoca*. O título saiu errado, pois devia ser: *Aventuras de Vera, Cecília, Pingo e Pipoca*. Vera e Cecília eram minhas sobrinhas-netas, sendo a mais velha Vera Lúcia, o editor achou que ficaria muito longo: Vera Lúcia, Cecília, etc. "Deixe só Vera, tire o Lúcia", expliquei. "Não ficará a mesma coisa. Se ela é Vera Lúcia tem que ficar assim. Se puser ainda Cecília, ficará título muito longo."

O livro foi publicado e dedicado aos sobrinhos-netos que fizeram grande alvoroço; um deles escreveu para um primo residente no Rio enviando o livro com esta frase: "Este Quico que está aí, sou eu. Também trabalho no livro...".

O editor me telefonou: "Seu livro infantil está sendo procurado por todas as crianças, não só pelos seus sobrinhos. Pode continuar a escrever...". Nessa ocasião eu estava escrevendo meu terceiro romance: *Luz e Sombra*.

Então foi fundada a Brasiliense, Editora e Livraria, em nossa casa. Havia um bar na casa da Rua Cuba que dava para o jardim dos fundos. Ali se reuniam uma noite alguns amigos a fim de descobrirem o nome para a nova editora; meu marido entraria também na sociedade. Batizaram a Brasiliense. Foi inaugurada com festa e muitas fotografias, na Rua D. José de Barros. Fiz um contrato com a editora e todos os meus livros, tanto infantis como romances, seriam publicados pela Brasiliense, assim como os livros de Monteiro Lobato que também seria um dos sócios. Cada sócio entraria com uma quota X e meu marido concordou com todos os detalhes. No coquetel de inauguração fiquei conhecendo muitos escritores brasileiros, de São Paulo e de outros Estados. Conheci, durante esses anos, quase todos os poetas e escritores, cada um com seu próprio valor, suas ideias e caminhos diferentes.

Algum tempo mais tarde, quando a editora estava instalada na Rua Barão de Itapetininga, meu marido pediu para se retirar da sociedade. Retiramos também os livros que estavam em estoque e de repente fiquei sem editora.

Mas não demorou muito tempo; Leandro falou com os irmãos Saraiva e lá estive por vários anos. Durante esses anos o *Éramos Seis* foi traduzido para o castelhano, foi filmado na Argentina, foi traduzido para o sueco e na Bélgica foi traduzido para o francês. Conheci todos ou quase todos os escritores estrangeiros que nos visitaram. O autor de A *Estrada de Tabaco*, era jovem quando esteve aqui. Houve um almoço oferecido a ele pelo Departamento de Cultura da Prefeitura e ele me perguntou: "Qual dos seus livros teve maior tiragem?". Respondi que era o *Éramos Seis*, com quase 70 mil exemplares. Perguntei sobre os dele. Respondeu que era A *estrada de tabaco*; já tinha sido filmado e estava no teatro também. "Quantos mil exemplares?", perguntei. "1 milhão... até agora." "Mas seu povo lê muito e aqui quase não leem...", respondi sem graça.

Conheci outros e outros, brasileiros e estrangeiros. Dividi o mundo em dois: os países que leem, onde os escritores são amados e independentes, não precisam de empregos para viver. Os outros países onde quase não leem ou leem pouco, os romancistas e poetas precisam trabalhar para viver, procurar empregos, pois não podem viver só do que escrevem.

• • •

O cachorrinho Samba morreu de velho: ficou surdo e cego, uma tristeza. Continua vivo nos livros infantis, cheio de vida, fazendo travessuras; continuará por anos e anos, tornou-se imortal.

Quando ainda vivia, recebia visitas de crianças, amigas e desconhecidas, desejavam conhecê-lo pessoalmente.

Nunca me arrependi de escrever para crianças, sinto que fiz bem, dei um pouco de mim, contei histórias que elas gostam de ouvir e fiz com que muitas dessem risadas. Faz bem à gente fazer rir uma criança.

Eu me lembro que um dia uma senhora que me conhecia apenas de nome me telefonou agradecendo a alegria que eu dera ao seu filho. Passara pelo quarto do menino e ouvira risadas intermináveis. "Com quem estará ele?", abriu a porta e viu o filho lendo um dos meus livros: "Mamãe, venha ver o que estou lendo, o Samba brincando com os saguis e conversando com eles... Como é engraçado".

Crianças me telefonavam: "Podemos ir visitar o Sambinha?". Durante semanas, ele recebeu visitas, mais visitas que eu; isso me alegrava, enchia-me de satisfação.

Sambinha querido que tanta alegria proporcionou às crianças brasileiras, com as histórias que contei sobre você, sobre suas reinações e brincadeiras sem fim, você não morreu. Está enterrado no jardim da Rua Cuba, mas está vivo, vivíssimo nos corações da criançada que gosta de ler.

• • •

Meu marido e eu vivemos trinta e seis anos juntos e só a morte nos separou. Muitas vezes, quando conversávamos longamente sobre o futuro, ele dizia: "Sei que vou morrer antes de você, mas você vai continuar a escrever porque gosta e a viajar porque também gosta...". Continuo a escrever e a viajar de quando em quando.

Nos meus aniversários Leandro deixava sempre um cartão com o presente, assim como em todos os Natais, ele os colocava no meu sapato. Tenho aqui na gaveta da mesa onde escrevo os cartões deixados por ele: "Ao meu amor eterno, mil beijos e abraços pela data. Leandro". Este é de 1941.

Tomo outro, ao acaso, de 1950: "À minha querida e adorada Mary, com beijos e muitas felicidades. Leandro".

• • •

Todos os caminhos conduzem ao fim.

Maria José Dupré nasceu em Ribeirão Claro (PR), em 1898. Na adolescência, mudou-se para a capital paulista, onde trabalhou como professora. Depois do casamento com o engenheiro Leandro Dupré, dedicou-se totalmente à literatura. Seu primeiro livro, *O romance de Teresa Bernard*, foi lançado em 1941. O sucesso veio com a publicação de *Éramos seis*, em 1943. Destinado ao público adulto, o livro contou com prefácio de Monteiro Lobato, foi adaptado para o cinema e para a televisão e ganhou traduções em diversos idiomas. A primeira obra infantil, *A montanha encantada*, foi lançada em 1945. No ano seguinte, Maria José criou um dos personagens mais famosos da literatura infantojuvenil brasileira: o cachorrinho Samba. Faleceu em 1984. Entre os livros publicados pela Ática estão os clássicos *Éramos seis* e *A ilha perdida* (da série Vaga-lume).

CRÉDITOS DAS IMAGENS

p. 14 Fernanda Pimentel; **p. 28** Bruno Veiga; **p. 39** Luciane Cappin/Editora Abril; **p. 46** Paulo Leite; **p. 52** Acervo pessoal; **p. 65** Caio Guatelli; **p. 82** Renato Parada; **p. 96** Marynete Martins; **p. 102** Marcelo Uchôa; **p. 107** Reprodução/Editora Ática; **p. 130** Reprodução/Editora Ática.

Referências bibliográficas

Referências bibliográficas

Os textos desta antologia foram extraídos das seguintes obras:

Marina Colasanti

"Rumo nem sempre a prumo" é um poema extraído do livro *Minha ilha maravilha* (Editora Ática, 2007, 1. edição, p. 37), uma antologia de poemas infantojuvenis.

Ana Maria Machado

"Cadê o bolo que estava aqui?" é originalmente um capítulo extraído do livro *Amigos secretos* (Editora Ática, 2004, 1. edição, p. 27-39).

Moacyr Scliar

"Um ciumento de carteirinha" é originalmente um capítulo extraído do livro *Ciumento de carteirinha: uma aventura com Dom Casmurro* (Editora Ática, 2006, 1. edição, p. 40-49).

Paulo Mendes Campos

"Para Maria da Graça" é uma crônica extraída da antologia *Crônicas 4*, da coleção *Para Gostar de Ler* (Editora Ática, 2011, 13. edição, p. 77-80). Foi originalmente publicada em *O colunista do morro* (Editora do Autor, 1965, p. 23-25).

Valéria Piassa Polizzi
"O gato de livros" teve sua primeira versão publicada no *blog* da autora (disponível em: <http://valeriapiassapolizzi.blogspot.com.br/>). Até então inédito em livro.

Índigo
"Dissecando leitores" foi escrito especialmente para esta edição.

Marcia Kupstas
"O livro de Lívia" foi escrito especialmente para esta edição.

Ivan Jaf
"O caçador de livros" foi escrito especialmente para esta edição.

Ricardo Azevedo
"Perdido nas brenhas de um mataréu despovoado", assim nomeado para esta edição por seu autor, é um excerto do livro *Fragosas brenhas do mataréu* (Editora Ática, 2013, 1. edição, p. 38-40). O livro ganhou o prêmio Jabuti de Melhor Livro Juvenil em 2014.

Carolina Maria de Jesus
"O livro é a melhor invenção do homem", assim nomeado pelos editores para esta edição com uma frase da própria autora, é um excerto do livro *Quarto de despejo: diário de uma favelada* (Editora Ática, 2014, 10. edição, p. 23-24).

Maria José Dupré
"Todos os caminhos conduzem ao fim", assim nomeado pelos editores para esta edição com uma frase da própria autora, é um excerto do livro *Os caminhos* (Editora Ática, 1978, 2. edição, p. 231-232, 236-245, 252-255).

Esta obra foi composta nas fontes Knockout, FFScalla Sans e Electra, sobre papel Pólen Bold 90 g/m², para a Editora Ática.